Fiasko in Rom

von
Volker Lindner

Bibliografische Information der Deutschen Nationalbibliothek:
Die Deutsche Nationalbibliothek verzeichnet diese Publikation
in der Deutschen Nationalbibliografie; detaillierte bibliografische Daten : abrufbar im Internet unter **http://dnb.d.-nb.de**

Herstellung und Verlag:
Books on Demand GmbH; Norderstedt
Copyright 2009 Lindner-Autor
ISBN 9873839106266

das, finde ich, ist wichtig : alle personen, die in diesem vorwort vorkommen, haben wirklich gelebt oder leben noch. deshalb sind sie bei ihrem wirklichen namen benannt. was sie erlebt haben, kann in einzelheiten etwas anders gewesen sein. mein wissen über die geschehnisse des vorwortes beruht darauf, wie es mir erzählt wurde, meist von meiner großtante emilie. um alles spätere verstehen zu können, ist dieses vorwort notwendige grundlage.

Nein, dies ist nicht die Geschichte der Musikerin Gisela Lindner, obwohl ihr Leben durchaus Erzählenswertes bot : Zusammen mit ihrer um zwei Jahre jüngeren Schwester Emilie spielte sie im ersten Damen-Orchester - heute würde man Big-Band sagen - mit internationaler Beachtung.
Im Jahre 1910 fuhren sie mit dem Schiff über den Atlantik und feierten mit ihren Auftritten Erfolge über Erfolge in ganz Südamerika. Gisela spielte Geige, Emilie Cello. Bei der Überfahrt verliebte sich der Kapitän des Passagierdampfers unsterblich in Emilie (er betete sie an und nannte sie zärtlich 'Millie'), aber beide jungen Frauen waren Vollblutmusikerinnen und gingen bei dieser Tournee, die über ein halbes Jahr dauerte, kein festes Verhältnis ein. Das Orchester stand an erster Stelle.
Vielleicht hat Emilie dies später bereut, denn sie blieb ledig. Nach ihrer Zeit als Musikerin kümmerte sie sich um Giselas einzigen Sohn, da die Schwester allzu früh verstarb, und bekam keinen

Mann mehr ab.

Gisela hatte ihre Musikkarriere schon früher beendet. Bei einer Tournee 1913 durch Italien, bei einem Auftritt in Rom, lernte sie ihre große Liebe kennen. Ein junger Baron aus dem römischen Stadtadel, Roberto de Calcaterra, war der Grund, warum sie das Orchester verließ und in Rom blieb.

Beide hätten gern geheiratet, denn Roberto sah Gisella, wie sie in Rom hieß, als die Frau an, mit der er eine Familie gründen wollte.

Doch seine Eltern waren entsetzt und blockten ab : Eine Deutsche ! Eine Musikerin ! Eine Bürgerliche ! Sie drohten ihrem Sohn, ihn zu enterben, wenn er ohne ihre Zustimmung heiraten sollte, weigerten sich, die Deutsche ins Haus zu lassen und beknieten ihren Sohn bei jeder Gelegenheit, sich von Gisella zu trennen.

Er wagte es nicht, zu heiraten, blieb aber mit Gisela zusammen.

Bereits im Herbst 1913 spricht Gisela fließend italienisch. Im Januar 1914 kommt beider Sohn zur Welt : Alfonso Francesco Mario steht auf der Geburtsurkunde, und weil die Eltern Robertos nach wie vor ihre Zustimmung zu einer Heirat verweigern, hat das Kind Giselas Familiennamen, immerhin steht er auf der Geburtsurkunde auf italienisch: Lindnero.

Kurz nach der Geburt wird Roberto als Reserve-Offizier zu einem Manöver einberufen. In seinen Briefen versichert er seiner Gisella seine große Liebe. Aus dem Manöver wird - für Gisela nicht zu erklären - ein längerer militärischer Auftrag.

Dann bricht der 1. Weltkrieg aus. Als eine der ersten Deutschen wird Gisela mit ihrem Söhnchen in Rom von der Polizei abgeholt und in ein Internierungslager weit weg von Rom gebracht.

Ungeachtet aller politischen Geschehnisse werden die beiden in diesem Lager vier Jahre (!) bis 1918 festgehalten. Gisela bekommt keinerlei Post und weiß nichts, nicht einmal andeutungsweise, über den Vater ihres Kindes. Der kleine Alfonso lernt im Lager laufen und sprechen. Weil ihr verboten ist deutsch zu reden, und weil sie ja insgeheim sowieso stets davon träumt, irgendwann einmal wieder mit Roberto zusammenleben zu können, spricht der Kleine nur italienisch.

1918 wird sie entlassen. Sie und der vierjährige Alfonso bekommen die Auflage, sofort Italien zu verlassen. Gisela aber schlägt sich mit ihrem Sohn nach Rom durch. Sie geht zum Haus der Calcaterras, lässt sich nicht abweisen und fragt nach Roberto.

Schließlich erlaubt ihr ein Diener, wenigstens in den Flur einzutreten und begibt sich zu den Herrschaften. Nach einer Weile kommt er zurück und teilt ihr mit, dass zum einen der junge Baron im Krieg gefallen sei und zum andern, dass die Herrschaften weder sie noch das Kind zu sehen wünschen. Kurz darauf erscheint Polizei und man macht Gisela klar, dass sie mit ihrer Anwesenheit in Rom gegen das Gesetz verstoßen hat. Gisela erreicht, dass wenigstens eines noch erledigt wird : Sie hat keinerlei Papiere mehr, und sie braucht doch aber für ihren Sohn in Deutschland eine Geburtsurkunde. Unter Bewachung eines Polizisten darf sie sich dort, wo ihr Sohn geboren worden war, eine neue Geburtsurkunde besorgen.

Wieder steht darin Alfonso Francesco Mario

Lindnero. Aber dort, wo 1914 als Vater Roberto de Calcaterra angegeben war, steht nun 'padre ignoto', Vater unbekannt.

Gisela weiß nicht mehr ein noch aus, sie kehrt nach Deutschland zurück. Als sie stirbt, kümmert sich die jüngere Schwester Emilie um den Buben, der nun Alfons heißt und dem nunmehr verboten wird, italienisch zu reden.

In den Dreißiger Jahren versucht Alfons als junger Mann zweimal Kontakt nach Rom zu bekommen, lässt sich aber abwimmeln und entmutigen. Dann kommt der 2.Weltkrieg und für sechs lange Jahre gibt es für Alfons nur die Wehrmachtsuniform und keine Bewegungsfreiheit mehr. Etwas gemildert wird diese Einschränkung am Ende des Krieges in einer ziemlich lockeren amerikanischen Kriegs-gefangenschaft in Bayern.

Hier heiratet Alfons 1946, gründet eine Familie, hat drei Söhne und keine Zeit und kein Geld und keine Gelegenheit mehr dafür, sich mit seinen römischen Vorfahren zu beschäftigen. Im Gegensatz zu seiner Mutter Gisela stirbt er in gesegnetem Alter.

Schon oft hatten Verwandte und Bekannte gemeint, der zweite Sohn sähe Alfons sehr, sehr ähnlich. Der zweite Sohn, der selbst fünf Kinder hat und es nicht verwinden konnte, dass sein jüngster Sohn mit 17 Jahren schwer an Meningitis erkrankte, zweimal reanimiert werden musste und nach langem Leidensweg im Rollstuhl landete. Der zweite Sohn, der deshalb aus psychischen Gründen bereits mit 55 Jahren seinen Beruf als Lehrer aufgab, zum Frührentner wurde und plötzlich Zeit hatte, etwas zu tun, was Alfons nie tun konnte : Nach Rom fahren. Und dieser zweite Sohn bin ich. Und es ist ab jetzt meine Geschichte. Ja, ich war in Rom. Ja, ich habe das Haus der Calcaterras gefunden. Und noch mehr.

Als ich wieder heim kam, habe ich meinen Brüdern und meiner noch lebenden Mutter folgendes erzählt :

Das Geschlecht der Calcaterras ist damals mit dem Tod Robertos ausgestorben. Ja, er ist wirklich gefallen, sogar ziemlich am Anfang des 1. Weltkrieges. Weitläufige Verwandtschaft, Cousins oder Cousinen dritten oder vierten Grades, hatten nach dem Tod der alten Calcaterras das Haus geerbt, kurz bewohnt und dann alles verkauft, weil sie ausgewandert sind. Mit den Menschen, die heute das Haus besitzen und bewohnen, verbindet uns nichts, überhaupt nichts. Uns bleibt nur die alte Geburtsurkunde mit dem Verweis 'padre ignoto'.

So und nicht anders habe ich es nach meiner Rückkehr berichtet.

Aber es ist nicht die Wahrheit. Die Wahrheit habe ich nur meiner Frau erzählt. Sie wird wie ich schweigen. Denn die Wahrheit verwandelt sich manchmal in eine Giftschlange, die darauf lauert, bei deinen Kindern einen tödlichen Biss anzusetzen. Wahrheit kann so schlimm sein, dass man wünscht, man hätte ein Vorhaben niemals in die Tat umgesetzt. Was nützt Wahrheit, wenn dahinter die Schatten von Bedrohung und Tod ihre nebelhaften Arme nach deiner Familie ausstrecken. Manchmal ist die Lüge gnädiger und lässt dich mit weniger Angst leben als die unheimliche Bedrohung, die die Kenntnis der Wahrheit in ihrem Rücken für dich bereit hält.

„Fahr zu !" hatte meine Frau mich ermuntert. „Fahr nach Rom und suche nach dem Haus deines Großvaters. Wir werden schon mal einige Zeit ohne dich zurecht kommen."

Das bezweifelte ich keineswegs. Was aber, wenn mein Jüngster im Rollstuhl jemanden braucht, und meine Frau ist gerade beim Einkaufen ? Was ist, wenn niemand in der Nähe ist, und er verliert sein Handy und kann uns nicht erreichen ? Ich ließ mich also ruckzuck überzeugen und machte mich mit der Eisenbahn auf den Weg nach Rom, auf den Weg, die väterlichen Wurzeln zu suchen. Nachzuforschen, ob es die Familie De Calcaterra eventuell noch gäbe und ob die Auskunft aus dem Jahre 1918, der junge Baron sei gefallen, tatsächlich stimme.

Wie jeder andere Mensch habe ich bestimmte Qualitäten und einige wenige Fehler. Zum Beispiel habe ich neben einer Portion Musikalität auch eine Ader für Sprachen, ich spreche ziemlich gut englisch, so la la französisch, einigermaßen verständlich ungarisch, aber vor allem fließend italienisch, letzteres ist wohl positives Erbgut. Ich will Sie nicht mit meinen Fehlern nerven, Gott bewahre, aber eines muss ich eingestehen, denn dies hängt fest verschraubt an meinem Charakter : Ich war Zeit meines Lebens ein Feigling. Nein, Moment, nicht was Sie jetzt denken ! Ich besitze sehr wohl Zivilcourage und bin auch stets bereit gewesen, sie zu zeigen. Aber ich bringe es nicht übers Herz, jemandem ins Gesicht zu sagen, was ich über ihn denke. Oder jemandem, der mich um seine Meinung fragt, diese ihm wirklich zu sagen, wenn ich spüre, dass der Frager nur eine einzige Antwort erwartet. Und dummerweise besitze ich die psychologischen Fähigkeiten, zu erkennen, was mein Gegenüber vorhat oder von mir erwartet. Dann also bin ich ein Feigling.

So, und nun stand ich in Rom am wichtigsten Bahnhof - ich hatte bewusst auf mein Auto verzichtet, da ich vorhatte, möglichst viel zu Fuß unterwegs zu sein. Zu Fuß gehen ist gesund und sportlich, man sieht viel mehr und so schlimm ist es ja auch wieder nicht, einen Koffer abwechselnd mit der rechten und dann mal wieder mit der linken Hand zu tragen. Ich fuhr also mit dem Taxi zu meinem Hotel.

Dabei kam mir der Gedanke, dass sich Taxifahrer in Rom eigentlich auskennen müssten. Nein, antwortete er, von einer Familie mit dem Namen De Calcaterra habe er noch nie gehört, was aber auch kein Wunder sei, da er selbst außerhalb Roms wohne. Er kenne alle Straßen und Plätze, aber die römischen Familien, nein, da habe er bisher weder Interesse noch sonst wie damit zu tun gehabt. Und dann begann er mir von den Sorgen und Nöten der Taxifahrer zu erzählen, die nach seinen Worten ihre zahlreichen Familienangehörigen nur unter größten Entbehrungen ernähren konnten, und von den unfähigen außerrömischen Autolenkern, die einem Taxifahrer das Leben schwer machten - dabei fuhr er selbst wie ein Henker – und anderes mehr. Ich hörte aufmerksam zu und war froh, als wir das Hotel erreicht hatten.

Es lag hübsch im Zentrum, bot mir also die ausgezeichnete Gelegenheit, rasch überall hin zu gelangen und war so teuer, dass sich mir beim

Lesen der Preise der Magen umdrehte. Na ja, einmal im Leben muss man sich was leisten. Das Zimmer entsprach einer eher am unteren Rande angesiedelten Kategorie einer vergleichbaren Pension in meinem Heimatland.

Nachdem ich nicht im Mindesten vergesslich bin, stellte ich beim Auspacken meines Koffers befriedigt fest, dass ich an alles gedacht hatte, von der kurzen Hose bis hin zum Regenschirm, vielleicht war's auch meine Frau gewesen, die alles hineingelegt hatte. Dann fiel mir ein, dass ich eigentlich am Bahnhof schon eine SMS nach Hause schicken wollte von wegen gut angekommen. Ich nahm mein Handy, setzte mich auf's Bett und erledigte das schnell. Meine Leute daheim wissen sowieso von mir, dass ich nicht allzu telefonierfreudig bin, also würde das für die nächste Zeit genügen.

Dann machte ich mich auf einen ersten Rundgang durch die Stadtmitte. Wo sich das Haus meiner väterlichen Vorfahren befand, also ich meine, in welcher Straße, das war mir bekannt, und siehe da, es war überhaupt nicht schwer zu finden. Schon nach einer Viertelstunde starrte ich auf ein prächtiges, mit tausend Verzierungen geschmücktes Stadthaus, vier Stockwerke hoch und nahtlos mit seinen Nachbarhäusern verbunden. Hier also war mein Großvater, den ich nie gesehen und nie erlebt hatte, geboren.

Einer meiner Vorzüge, der meiner Frau schon immer als bemerkenswert auffiel, ist meine schnelle Entschlusskraft. Ich setzte mich also in ein schräg gegenüberliegendes Cafe und überlegte, ob ich gleich an der Haustür klingeln sollte oder vielleicht doch erst morgen.

Und ich schwöre, ich habe sie nicht bemerkt, keinen einzigen von ihnen. Mir ist heute noch schleierhaft, wie sie es anstellten, so unbemerkt heranzukommen. Bevor noch mein bestellter Cappucino vor mir auf dem Tisch stand, war ich umringt von fünf, nein sechs jungen Männern, die mir aber merkwürdigerweise den Rücken zukehrten, also einen Kreis, fast eine Mauer, um mich bildeten und eben nicht zu mir, sondern nach außen sahen. Ihre Körperhaltung war erkennbar angespannt, so als ob sie sich rund um mich zum Start für einen Wettlauf in verschiedene Richtungen aufgestellt hätten. Nur standen sie so dicht, dass ich nichts mehr sehen konnte von außerhalb dieses eigenartigen Kreises. Erkennen konnte ich nur, dass anscheinend jeder der jungen Männer etwas in der Hand hielt, das mir verflucht nach einer Waffe aussah, wenn ich mich recht erinnere an diverse Actionfilme, handelte es sich um äußerst handliche, kleine Maschinenpistolen der israelischen Marke Uzi.

Mir war sofort klar, dass Superman aufgesprungen wäre und die sechs erledigt hätte, aber ich zog solches nicht in Erwägung und blieb in dem Korbstuhl sitzen. Zum einen gab es bei mir nicht viel zu holen - seitdem ich ein Handy habe, das die Uhrzeit anzeigt, trage ich nicht einmal mehr eine Armbanduhr - zum andern wäre ein Raubüberfall durch sechs mit Maschinenpistolen bewaffneten Gangstern doch irgendwie übertrieben, na ja, was weiß ich, vielleicht war in Italien die Wegelagerer-Kultur mittlerweile so weit fortgeschritten, aber dass sie ihr überfallenes Opfer dann nicht einmal anschauten, kam mir doch etwas eigenartig vor.

In diesem Moment öffnete sich die menschliche Mauer an einer Seite, ein deutlich älterer Mann, so in den Vierzigern, mit militärisch kurzem Bürstenhaarschnitt, aber ohne eine Waffe in der Hand, schlüpfte zu mir in den Kreis und sagte sofort leise, aber sehr vorwurfsvoll zu mir : „Sind Sie verrückt geworden ?"

Es war also kein Überfall. Offensichtlich ging es darum, dass man in Rom um diese Tageszeit keinen Cappucino trinken durfte. Diese Erkenntnis hätte mich erleichtern sollen, mir war aber dennoch dieser Großeinsatz an Waffen unangenehm. Schlagfertig wie ich bin starrte ich den Bürstenhaarschnitt an und wusste nicht recht, wie ich mich verteidigen sollte, denn ich hatte den Cappucino nicht bestellt, weil ich danach süchtig war, sondern nur aus reiner Gewohnheit.

Der Bürstenhaarschnitt starrte zurück und wiederholte noch einmal : „Sind Sie verrückt geworden ? Oder sind Sie plötzlich lebensmüde ?"

So war das also. Der römische Cappucino war wohl nicht besonders zu empfehlen, aber dann sollte man ihn doch besser aus der Getränkekarte streichen. Weiter konnte ich nicht nachdenken, denn man ließ mir keine Zeit dazu. Der Bürstenhaarschnitt verschwand wieder nach außerhalb, und die jungen Männer schoben sich, nach wie vor einen Kreis um mich bildend, in eine Richtung, in der ich die Straße vermutete, und zwangen mich dadurch, die Bewegung mitzu-machen. Nach nur wenigen Schritten öffnete sich der Kreis ein wenig und ich wurde in ein Auto hineingeschoben. Ich konnte nicht anders, ich musste mich auf den - sehr bequemen - Rücksitz eines offensichtlich größeren Autos niederlassen. Dann erschrak ich kurz, denn links neben mir saß der Bürstenhaarschnitt und fing schon wieder an, mir Vorwürfe zu machen. Dabei schüttelte er seinen Kopf, als ob er von mir von ganzem Herzen enttäuscht wäre.

„Ich verstehe Sie nicht, " sagte er, während das Auto losfuhr, „was trieb Sie zu solch einem Unternehmen ? Können Sie sich nicht vorstellen, was ich für einen Schreck bekam ?"

Na, in Rom wurde die Fürsorglichkeit gegenüber Fremden offensichtlich gewaltig übertrieben. Wenn dieser lebens-gefährliche Cappucino erst gar nicht auf der Karte stehen würde, könnte ihn doch auch niemand bestellen und dann bräuchte man keinen solchen Aufwand treiben. Ich setzte schon an, dem Bürstenhaarschnitt dies zu erklären, da schüttelte er schon wieder den Kopf, brummte : „Na, wenigstens ist nichts passiert", dann drehte er seinen Kopf zur Seite, da der Wagen gestoppt und es am Fenster dreimal kurz geklopft hatte, öffnete die Tür und stieg aus.

Auch die Tür auf meiner Seite ging auf und ich stieg ebenfalls aus, da ich momentan nichts Besseres vorhatte. Wir waren offensichtlich nur in den Hof eines der naheliegenden Häuser gefahren, ein Hof, der von sehr hohen Mauern begrenzt war. Der Büstenhaarschnitt war zu einer kleinen Treppe gegangen, die zu der Tür ins Haus führte, wandte sich dort kurz um und schaute recht ungeduldig, offenbar wollte er, dass ich mit hineingehen sollte. Nachdem auch die jungen Männer mit ihren Uzis hier herumstanden - wobei sie nach wie vor nicht mich, sondern die Mauern außen herum ansahen - ging ich mit ins Haus. Als ich eintrat, hörte ich hinter mir Schritte, sah mich kurz um und stellte befriedigt fest, dass wir wieder vollzählig waren, auch die jungen Männer waren nach mir ins Haus gekommen.

Wir standen in einer mehr als feudalen Halle, auserlesene Möbelstücke, wuchtige Deckenleuchter und riesengroße Porträt-Gemälde ließen hier den Eindruck entstehen, man befände sich in einem Palast. Einen merkwürdigen Kontrast allerdings bildeten die bewaffneten jungen Männer, nur hielten sie jetzt die Maschinenpistolen nicht mehr in den Händen, sondern locker an einem Riemen über die Schulter gehängt.

Der Bürstenhaarschnitt war vorausgeeilt und riss zwei große Flügeltüren auf - und erstarrte. Wie zu einer Salzsäule. Er schaute mich an und dann wieder in das Zimmer, das er geöffnet hatte, und dann wieder mich. Dann zeigte er mit dem Finger auf mich und rief etwas, das ich damals nicht ganz wahrgenommen hatte, ich glaube, es klang so ähnlich wie „Code vier !" und schaute überhaupt nicht mehr vorwurfsvoll oder enttäuscht. Er schaute eher äußerst aggressiv. Und ab da ging mir die Cappucino-Geschichte über die Hutschnur. Ja, ich weiß, andere Länder, andere Sitten, aber was zuviel ist, ist zuviel.

Bevor ich muh sagen konnte, hatten mich die jungen Männer zu Boden gerissen, ziemlich unsanft und alles nur wegen eines angeblich lebensgefährlichen Milchkaffees. Was ich ihnen allerdings zugestehen musste, war die erstaunliche

Geschwindigkeit, die sie an den Tag legten. Bei uns in Deutschland heißt es immer, die Südländer würden alles geruhsam angehen, erst Fiesta, dann Brotzeit, dann solange man Lust hat Arbeit, dann .... Nicht die Spur davon ! Ich wurde so schnell in ein kleineres Nebenzimmer auf einen Stuhl verfrachtet, dass ich meine Ansicht über die Trägheit südländischer Arbeitsmoral komplett korrigieren musste. Blöd, werden Sie sagen, ja, ich weiß, solche Ansicht steht mir gar nicht zu, nachdem ich ebenfalls südländische Vorfahren habe, aber ich habe sie ja nun auch geändert, siehe oben.

Zwei der jungen Männer hielten meine Oberarme links und rechts in ziemlich schmerzhaftem Griff eisern fest, während die übrigen in je einer Zimmerecke standen und ihre Uzis plötzlich wieder in den Händen hielten. Ein Mann, den ich bisher noch nicht gesehen hatte, kam ins Zimmer mit einem Gegenstand, den ich schon einmal gesehen hatte, nämlich vor meinem letzten Flug, so ein ringförmiger Metalldetektor mit langem Griff, und kreiste um mich herum und suchte von oben nach unten. Natürlich piepste er, als er in die Nähe meines Geldbeutels kam, ich hatte ja schließlich vorgehabt, den bestellten Cappucino auch zu bezahlen. Noch lauter piepste mein Handy. Die zwei, die mich festhielten, rissen mich hoch und der Neue holte vorsichtig mit zwei Fingern Geldbeutel und Handy aus meiner hinteren Hosentasche. Ich glaube, kein Richter der Welt hätte mich verurteilen können dafür, wenn ich jetzt lautstark protestiert hätte, schließlich wurde die Geschichte ja immer verworrener. Glaubten die etwa, ich hätte nicht genügend Geld im Portemonnaie , um so einen lächerlichen Kaffee zu bezahlen ? Aber mein Verstand, den ich Gott sei Dank dabei hatte, sagte mir, warte erst mal ab. Das fand ich ebenfalls für richtig und hielt mich daran.

Da plötzlich fasste der Neue, der den Metalldetektor nun in der linken Hand hielt, mir an den Hals und riss mit einem Ruck meine Goldkette ab. Meine Goldkette mit Anhänger, und letzterer bedeutet mir sehr viel, denn auf der Vorderseite ist der Name meiner Frau eingraviert und auf der Rückseite ein Datum, das uns beiden wichtig ist. Und jetzt machte mein Verstand etwas, ohne mich vorher zu fragen. Er schaltete von Automatik auf manuell um. Ja, werden Sie sagen, Angeber, aber ich versichere Ihnen, so war's. Mit einem Satz sprang ich vorwärts und ging dem Neuen an die Gurgel. Wir krachten beide an eine der marmornen Säulen, von denen das Zimmer vier Stück besaß, gingen beide zu Boden und keuchten. Ich, weil ich mich vor Wut nicht mehr kannte, und der andere, weil er wegen meiner Hände an seinem Hals keine Luft mehr bekam.

Ich glaube, bevor ich ihn umgebracht hätte, hätte sicher mein Verstand wieder zurückgeschaltet auf Automatik, aber die jungen Männer waren so freundlich und übernahmen das für ihn. Sie kümmerten sich nicht allzu viel um mein Schmerzempfinden, trennten uns und banden mich auf dem Stuhl, auf dem ich vorher schon einmal gesessen war, so fest, dass sich weder für Automatik noch manuell die Aussicht bot, in irgendeiner Weise mit Bewegung zu reagieren. Wie gesagt, ich bin keineswegs süchtig danach, aber jetzt hätte ich zur Beruhigung einen Capuccino doch ganz gut vertragen. Ich wäre sogar bereit gewesen, ihn zu bezahlen, falls man mir meinen Geldbeutel zurückgegeben hätte. Doch niemand machte Anstalten in dieser Richtung.

Bürstenhaarschnitt pflanzte sich nun vor mir auf und fragte in lächerlich drohendem Ton : „Wer sind Sie ?" Lächerlich deswegen, weil schließlich im Ausland jeder Tourist seinen Ausweis bei sich trägt, und der meine war im Geldbeutel, und der lag ja schließlich neben meinem zerrissenen Goldkettchen auf dem Tischlein neben uns. Nebenbei bemerkt, auch das sah irgendwie lächerlich aus, ein hundertprozentig wertvolles Stiltischlein aus irgend einem weit zurück liegenden Jahrhundert, und darauf ein abgegriffener Geldbeutel, der schon an einer Naht aufgeplatzt war. Na ja, vielleicht hatte Bürstenhaarschnitt nicht solch exquisites Kunstempfinden wie ich, dachte ich mir und dann noch, was soll's. Kann er von mir aus wissen. Also sagte ich es ihm.

Bürstenhaarschnitt bekam einen misstrauischen Gesichtsausdruck und ließ die nächste Frage los : „Sie sind kein Italiener ? Wieso sprechen Sie fließend italienisch ?" Halt, bevor Sie meckern, geb' ich zu, Sie haben recht, es waren *zwei* Fragen. Nichtsdestotrotz waren sie dämlich. Obwohl es mir überhaupt nicht recht war, dass jemand in meinem Geldbeutel herumwühlt, verwies ich ihn an diesen und sagte ihm, wo er meinen Ausweis finden könne. „Italienisch habe ich in der Schule gelernt, und nachdem wir im Gymnasium als erste Sprache Latein pauken mussten, fiel mir italienisch ziemlich leicht."

So, jetzt wusste er's. Von meinem Erbgut römisch-väterlicherseits sagte ich ihm nichts, das hatte er nun von seiner Unfreundlichkeit.

Bürstenhaarschnitt besah sich meinen Personalausweis von allen Seiten und verglich das Foto darauf mit dem Original. Befriedigt ihn nicht ganz, dachte ich mir schadenfroh, denn ich hatte das Passbild im Fünf-Euro-Automaten machen lassen und dabei damals den obersten Teil meines nicht mehr voll-ständig vorhandenen Haares gekappt. Er reichte Ausweis und Handy einem der jungen Männer und dieser verschwand damit aus dem Zimmer.

„Mmmmh," nickte Bürstenhaarschnitt nunmehr freundlich, konnte mich aber damit nicht beeindrucken, denn diese Tour - mal freundlich, mal aggressiv - kennt man zur Genüge aus Fernsehkrimis, „Fehlt mir nur noch die Erklärung, was Sie hier machen. Ausgerechnet hier."

Hätte ich mich bewegen können, ich hätte den Kopf geschüttelt. Wollte dieser Idiot von mir hören, was ein Tourist so in Rom macht ? Da auf einmal meldete sich wieder mein Verstand. Spiel mit, gib ihm Auskunft, oder willst du hier ewig sitzen ? Nach gründlichem Abwägen, während dem mich Bürstenhaarschnitt freundlich-misstrauisch anstarrte, kam ich zu dem Schluss, dass gegen den Vorschlag meines Verstandes nichts einzuwenden wäre.

„Ich weiß nicht, was Sie hören wollen," meinte ich, „aber ich bin nun mal als Gast hier in Rom, heute morgen erst eingetroffen, und meinen ersten Spaziergang habe ich in dem Cafe unterbrochen, um einen Cappucino zu trinken."

„Ausgerechnet hier ?" wiederholte Bürsten-haarschnitt. Er wiederholte sich ziemlich oft.

„Was heißt ausgerechnet hier ?" fragte ich geduldig.
„Warum nicht ? Warum ausgerechnet ?"

„Darum !" klang eine Stimme, die mir irgendwie auf Anhieb bekannt vorkam aus der halb geöffneten Tür. Sie ging ganz auf, und was glauben Sie, wer hereinkam ? Die Frage ist überflüssig, völlig überflüssig, weil Sie nie darauf kommen. Niemals.
Ich selbst trat ein.

Jetzt hat sein Verstand weder auf Automatik noch auf manuell umgeschaltet, werden Sie sagen, sondern auf durchgedreht. Auf ballaballa. Auf verrückt.

Und zum Teil hätten Sie sogar damit recht, denn so fühlte ich mich. Dort vorn an der Tür stand ich. Also so weit ich es jedenfalls beurteilen kann, ich kenne mich ja nur aus dem Spiegel und aus Familien-Videos. Aber der Mann, der da stand und mich durch seine Brille ansah, zum Teufel noch mal, der sah aus wie ich. Wie mein Ebenbild. Mein perfekter Doppelgänger.

Ich habe keine Ahnung, wie ich selbst aus der Wäsche geschaut habe. Ich bemerkte jedenfalls, dass auch die jungen Männer von einem zum andern sahen und nicht ganz begreifen konnten, was zu sehen war. Klar, wir hatten zwei verschiedene T-Shirts an, und die Brille des anderen hatte eine leicht andere Form, aber ansonsten ...... Ich hatte das Gefühl, in einen eigenartigen Spiegel zu schauen.

Bürstenhaarschnitt schwieg und trat etwas beiseite, damit mein Ebenbild näher an mich heran konnte. Der machte ihm irgendein Zeichen und dann trat er dicht zu mir her und schüttelte den Kopf, genau so, wie ich es auch immer mache, nicht so fest wie andere, eher so leicht schräg gelegt.

„Nun gut," sagte er, „Sie sind also ein Deutscher mit dem Namen Volker Lindner. Und Sie wissen, wer ich bin ?"

Ich musste erst ein paar mal schlucken, bevor ich antworten konnte. „Nicht die geringste Ahnung," antwortete ich dann, „ich komme mir vor wie in einem Spielfilm. Wieso sehen Sie aus wie ich ?"

Auch mein Gegenüber musste nun überlegen, bevor er weiterredete. „Ich frage mich dasselbe. Der Unterschied ist nur, dass ich hier zuhause bin. Nicht ich bin bei Ihnen aufgetaucht, sondern Sie bei mir. Also steht mir auch zu, eine Erklärung zu verlangen."

Irgendwie war er mir nicht unsympathisch, keine Ahnung warum. Jedenfalls bemühte ich mich, nicht unhöflich zu antworten. „Ich bin nicht aufgetaucht. Ich habe dem Herrn hier," ich wies mit dem Kopf auf Bürstenhaarschnitt, „ich hab' dem Herrn schon erklärt, dass ich nichts anderes vorhatte, als in dem Cafe einen Capuccino zu trinken. Und da tauchten," ich wies mit dem Kopf rundum, „da tauchten wie aus dem Nichts all die jungen Männer mit ihren unangenehmen Spielzeugen auf und luden mich nach hier ein. Wäre das nicht geschehen, hätte ich meinen Kaffee getrunken und wäre weiterspaziert."

Ich starrte mein Ebenbild an und setzte hinzu : „Wenn ich könnte, würde ich mich zwicken. Egal wohin. Vielleicht ist das ja nur ein Traum ?"

Zum Teufel noch mal, der Kerl schaute nun ganz genau so, wie meine Frau es an mir nicht leiden kann, die Mundwinkel nach unten gezogen und an der Stirn Falten in Richtung Nase.

„So kommen wir nicht weiter," meinte er grimmig,

„ich will mal die Situation ganz objektiv schildern."
Genau das sage ich auch immer, wenn ich meine Meinung geschickt an den Mann bringen will. Er wurde mir immer sympathischer. Ich lauschte seinen Worten aufmerksam.

„Wir befinden uns allesamt hier in einem Haus," begann er und seine Mundwinkel blieben ziemlich weit unten und ich fing an, zum ersten Male zu verstehen, was meine Frau daran immer so stört, „in einem Haus, das man nur auf zwei Weisen wieder verlassen kann : Entweder mit unserer Erlaubnis oder in einem Sarg."

Wo hatte der Kerl bloß die Eigenschaft her, so ironisch reden zu können ? Wie kann man beim Reden bloß so übertreiben ?

„Dann ziehe ich die erste Art vor," warf ich ein, „wenn Sie freundlicherweise dafür sorgen könnten, dass ich losgebunden werde, würde ich mich ohne Verzug auf den Weg machen."

Mein Spiegelbild setzte wieder an, wurde aber unterbrochen durch wieder einen Neuen, der das Zimmer betrat und leise was mit Bürstenhaarschnitt flüsterte. Das wollte Bürstenhaarschnitt offensichtlich nicht auf sich sitzen lassen, kam zu uns und flüsterte meinem Spiegelbild was ins Ohr, woraufhin sich die Situation der Mundwinkel etwas entspannte.

„Ihre Angaben auf dem Ausweis entsprechen den Tatsachen," wandte sich mein Ebenbild wieder an mich, „und das Handy ist tatsächlich seit zwei Jahren auf Ihren Namen angemeldet."

Diese Aussage überraschte mich dann doch, also nicht wegen der Angaben auf dem Personalausweis, das wäre ja dann doch ulkig, wenn ich vielleicht einen Vornamen gehabt hätte, von dem ich nichts weiß, aber ich war doch felsenfest der Meinung gewesen, meinen Handyvertrag schon vor drei Jahren abgeschlossen zu haben. Wie auch immer, er ließ mir gar keine Zeit, mich dazu zu äußern, sondern redete weiter.

„Aber das sagt ja nicht viel, so etwas kann auch von langer Hand vorbereitet worden sein."

Als ob ich einer von den Langweilern wäre, der sich ewig lang überlegen muss, welches Handy er nimmt. Ich hatte vor drei, ach nein, vor zwei Jahren - falls stimmt, was da geflüstert wurde - mich ganz einfach für das billigste entschieden.

„Bitte," fragte ich an, „darf ich nähere Erklärung verlangen ? Was hat eine längere Vorbereitung zu tun damit, dass ich hier unfreiwilliger Gast bin ? Ich muss zugeben, ich verstehe die näheren Umstände hier überhaupt nicht, auch wenn mich interessieren würde, warum wir beide uns so verflixt ähnlich sehen."

Mein Doppelgänger sah mich musternd an, seine Mundwinkel schoben sich - meine Frau hätte sich gefreut - total nach oben und er lächelte sogar etwas. Mit Lächeln im Gesicht musste ich also gar nicht so übel aussehen.

„Man kann sich auch verstellen," meinte er kurz.

An so etwas hatte ich natürlich überhaupt nicht gedacht. Aber aus welchem Grund sollte er sich verstellen ? Während mein Hirn versprach, darüber intensiver nachzudenken, leitete mein Spiegelbild eine neue Epoche zwischenmenschlicher Beziehungen ein.

„Nehmt ihm die Fesseln ab," befahl er den jungen Männern, und zu mir sagte er : „Darf ich Sie zum

Essen einladen ? Ich meine, es wäre besser, wenn wir unser Gespräch in einer anderen Atmosphäre fortsetzen. Trinken Sie lieber roten oder weißen Wein ?"

Natürlich wurde ich von meinen Eltern zu Anstand und Sitten erzogen und wusste, dass ich aus Höflichkeit zu sagen hatte, der Gast schließt sich dem Hausherrn an, also erwiderte ich : „Ich stehe nicht so auf Weißwein, roter ist mir lieber."

Wir vollführten eine etwas eigenartige Art von Polonäse und es ging in den ersten Stock hinauf. Zwei der jungen Männer vorweg, dann mein Spiegelbild, dann wieder zwei junge Männer, dann ich, kurz hinter mir Bürstenhaarschnitt und zum Schluss die letzten beiden der jungen Männer. Ich nutzte die Gelegenheit, um einmal recht ausgiebig staunen zu können : Wenn es schon kein Traum war, so dann doch wohl ein Märchen ? So viel Prunk und Luxus kannte ich nur aus dem Fernsehen. Teuerste Läufer auf den sowieso schon marmornen Treppenstufen - unwillkürlich verrenkte ich den Hals, um zu kontrollieren, ob meine Schuhe sauber wären - , prachtvolle Gemälde, Leuchter und sonstiger Schnickschnack an Wänden und Absätzen. Dabei sah es nirgends nach Protz oder Angabe aus, nein, jedes Ding vermittelte den Eindruck, es gehöre hier her und sei schon seit Jahrhunderten an dieser Stelle. Falls mein Ebenbild hier der Hausherr war, dann war er ganz sicher kein Signore Neureich. Nach diesem Aufgangs-Erlebnis überraschte mich das Esszimmer natürlich nicht mehr. Hier schien alles einfach aus einer Welt zu sein, die meine Wenigkeit weder kannte noch gewöhnt war.

Mein Spiegelbild bot mir einen Stuhl an dem bereits gedeckten Tisch an - offensichtlich hätte er sowieso einen Happen zu sich genommen - und sagte dabei : „Ich habe mir es so gedacht : Beim zweiten Gang erzählen Sie mir von sich und beim ersten Gang erkläre ich Ihnen, wer wir sind."

Wenn er mit diesen Worten ausdrücken wollte, dass es keinen Nachtisch gäbe, dann hatte er sich aber meine Sympathien verscherzt. Der Höhepunkt jeder Mahlzeit war für mich der Nachtisch. Doch wie lauten die goldenen Worte von Buddha oder Konfuzius oder Harry Krishna : Mecker nicht immer gleich, warte erst mal ab. Kann auch sein, dass das meine Frau immer zu mir sagt. Also setzte ich mich brav hin und nickte.

Außer mir setzten sich nur Bürstenhaarschnitt und mein Ebenbild an den Tisch. Zwei der jungen Männer blieben an der Tür und der Rest verteilte sich an den fast zwei Meter hohen Fenstern. Die Tür ging auf und drei Herren, von denen jeder einzelne wie ein gelernter Butler aussah, kamen herein und servierten.

Lasagne lässt mich so ziemlich kalt, meist ist alles glitschig und schmeckt irgendwie pampig, aber die hier, mein lieber Mann, ich genoss jeden Bissen. Dabei lauschte ich aufmerksam den Worten meines Gastgebers und - höflich, wie ich bin - unterbrach ihn selbstverständlich nicht.

„Sie müssen unser Verhalten Ihnen gegenüber entschuldigen, aber wir befinden uns im Kriegszustand und gerade in diesen Tagen erwarten wir eine, sagen wir mal, eine Art Krise."

„Wer ist wir, und wieso konnten Sie so schnell Auskunft über meinen Ausweis und sogar über meinen Handyvertrag bekommen ?" fragte ich neugierig.

Den Blick kannte ich. Mein Ebenbild sah mich genau so an, wie ich in der Schule meine Schüler angeschaut hatte, wenn sie voreilig und ungeduldig gewesen waren. Doch statt seiner antwortete Bürstenhaarschnitt.

„Es ist für einen militärischen Geheimdienst keine Schwierigkeit, sich Informationen gleich welcher Art zu beschaffen. Doch lassen Sie den Baron ausreden !"

Mein Doppelgänger war ein Adeliger ? Ein Baron ? Mit solch einem Palast ? Das konnte mich wohl überhaupt nicht beeindrucken, schließlich war mein unbekannter Großvater ja auch ein römischer Stadtadeliger gewesen. In was für einem Schuppen müsste aber dann erst ein Graf hausen, oder ein ...

„Sie sind hier," fuhr mein hochwohlgeborenes Spiegelbild fort ohne Rücksicht zu nehmen auf meine Gedanken, „zwar in meinem Hause, das aber gleichzeitig das Hauptquartier einer bestimmten Abteilung des militärischen Geheimdienstes ist. Ich selbst bin Oberst und leite diese Abteilung. Wie gesagt, wir befinden uns quasi im Kriegszustand. Das Wort Kriegszustand hat schon seine Richtigkeit, das dürfen Sie mir glauben, denn es hat bereits Tote genug gegeben in der Auseinandersetzung, mit der wir befasst sind."

Er sah meine Stirnfalten, die sich immer dann zeigen, wenn ich etwas skeptisch überdenke, und seine obere Gesichtshälfte machte es mir augenblicklich nach. „Doch, was ich sage, entspricht der Wahrheit," beteuerte er. „Ich weiß, dass das Militär in Ihrem Heimatland dem Gesetz nach nicht im Inneren eingesetzt werden darf - letztendlich eine Folge der unseligen Nazizeit - aber bei uns in Italien gibt es kein solches Gesetz. Obwohl auch wir mit Mussolini unsere faschistische Vergangenheit haben, besaßen unsere Väter niemals diesen übereifrigen demokratischen Willen, durch solch ein Gesetz das Militär von der Politik abzuhalten."

Er seufzte etwas und fuhr fort. „Ob dies nun gut ist oder nicht, wer will es beurteilen. Auf alle Fälle ist es in Italien Tatsache, dass das Militär bei Problemen innerhalb des Landes in mannigfacher Art eingesetzt wird. Das beginnt bei Aktionen wie etwa - wenn Sie sich erinnern - diese ekelhafte langwierige Müllaffäre in Neapel bis hin zur Bekämpfung von Organisierter Kriminalität. Letzteres bedeutet also, dass das Militär sich gezwungen sieht, die Polizeiinstitutionen zu unter- stützen. Und mit eben solchen Unterstützungsmaßnahmen ist die mir unterstellte Abteilung befasst."

Er aß seine Lasagne fertig, und ich sah aus den Augenwinkeln, wie mich Bürstenhaarschnitt beobachtete, wahrscheinlich wartete er darauf, mich wieder zurechtweisen zu können von wegen unterbrechen und fertig essen lassen, aber mein angeborener Anstand gab ihm dazu keine Gelegenheit. Außerdem hatte ich den Mund gerade voll. Teufel eins auch, kaute mein Doppelgänger schnell. War das etwa bei mir auch so, denn ich erinnerte mich, dass meine Frau bei solchen Gelegenheiten stets murmelte: Kau langsam !

Jedenfalls waren wir beide fast gleichzeitig fertig und er sagte, wobei er mir in die Augen sah - ich kann Ihnen sagen, das ist ein eigenartiges Gefühl, sich selbst in die Augen zu schauen - mit eigenartiger Stimme, so, als ob er etwas von mir erwarten würde : „ Und seit einiger Zeit verdichten sich unsere Informationen, dass die Gegenseite nicht nur einen Schlag gegen uns vorhat, sondern auch eine Möglichkeit dazu besitzt, von der wir nichts ahnen. So, und dann tauchen Sie auf, mein perfekter Doppelgänger."

Er winkte ab, als ich protestieren wollte. „Ja, ich weiß, Sie sind nicht aufgetaucht, sondern meine Leute haben Sie in mein Haus gebracht. Im Endeffekt aber sind Sie nun hier. Und Sie dürfen es uns nicht verübeln, wenn wir uns um eine absolute Klärung der Angelegenheit bemühen. Dies ist für uns eine lebenswichtige, ja sogar überlebenswichtige Forderung. Jemand, der mir gleicht wie ein Ei dem anderen, wie mein Zwillingsbruder, der kann nicht erwarten, dass ich das für einen Zufall, für eine Laune der Natur halte."

Er lehnte sich zurück und ich erwiderte nichts. Ich sagte ganz einfach deshalb nichts, um Bürstenhaarschnitt zu ärgern. Außerdem erschienen wie durch Zauberruf die drei Butler wieder, räumten ab und legten den nächsten Gang auf. Mein Ebenbild selbst schenkte mir Rotwein nach, begann dann zu essen und schaute mich dabei fragend an.

Der zweite Gang bestand aus einer Salatschüssel mit gegrillten Putenstreifen, einfach köstlich. Ganz anders als in italienischen Ristorantes war die Salatsauce bereits fertig im Salat drin, meine Frau hätte es nicht besser anrichten können.

Ich begann, neben dem Essen zu erzählen, warum

ich hier war. Also nicht, warum ich in diesem Haus war, da blieb ich nach wie vor stur dabei, dass ich nichts dafür konnte, aber was mich nach Rom getrieben hatte. Für diese ganze Geschichte, die Sie hoffentlich im Vorwort gelesen haben, brauchte ich natürlich etwas länger als mein Ebenbild für seine Erklärungen.

Natürlich fiel mir auf, dass mein Spiegelbild immer langsamer aß, mich anstarrte, und schließlich ganz zu essen aufhörte. Na, mir jedenfalls schmeckte der Salat, er war genau richtig zu dieser warmen Tageszeit. Plötzlich aber sprang er auf und verließ eiligen Schrittes das Zimmer. Ich sah ihm erstaunt nach, schluckte hinunter und schob die nächste Gabel voll in den Mund. Da rührte sich Bürstenhaarschnitt. Wahrscheinlich wollte er mich belehren, dass man nicht weiteressen darf, wenn der Gastgeber den Raum verlässt.

„Sagen Sie," fragte er hastig, „haben Sie diese Geburtsurkunde Ihres Vaters dabei ?"

Na logisch hatte ich die dabei. Also nicht hier, aber in meinem Koffer im Hotel. Das sagte ich ihm. Er fragte noch kurz nach dem Namen des Hotels, dann gab er einem der jungen Männer einen Wink und der verließ ebenfalls das Zimmer.

Nach einer weiteren Gabel Salat ging die Zimmertüre wieder auf und mein Ebenbild kam zurück. Ein munteres Völkchen waren die Italiener allemale.

Er setzte sich wieder mir gegenüber und hielt mir ein Bild hin, ein Foto in einem ovalen, silberverzierten schweren Rahmen.

„Wo haben Sie denn ein Foto meines Vaters her ?" fragte ich verblüfft, doch dann erkannte ich, dass dieses Schwarz-Weiß-Bild schon sehr alt sein musste, also aus einer Zeit, in der mein Vater vielleicht in den Dreißigern gewesen war, und der Fotografierte war so um die Sechzig, hielt aber die rechte Hand in der gleichen Pose wie es mein Erzeuger zu Lebzeiten auch immer gemacht hatte, so das Kinn stützend.

Und dann kam der Knall. Bloß gut, dass ich inzwischen mit dem Salatessen fertig war, ich hätte nämlich nicht weiteressen können, und das wäre eine Verschwendung ersten Ranges gewesen.

„Das hier," er sprach feierlich und betont, „das hier ist mein Großvater. Ich habe ihn noch selbst erlebt, denn er starb erst im Jahre 1968, mit 88 Jahren. Ich wurde von meinen Eltern nach ihm benannt, ich heiße wie mein Großvater Roberto de Calcaterra."

Bürstenhaarschnitt musste mich nun für einen Bekloppten gehalten haben, denn ich schluckte nur und konnte nichts sagen. Ich starrte abwechselnd auf das Foto und auf mein Ebenbild. Während letzterer lächelnd weitersprach, setzte sich auch in meinem Hirn Mosaiksteinchen für Mosaiksteinchen zu einem klaren Bild zusammen.

„Auch mein Vater sah seinem Vater recht ähnlich," meinte er vergnügt, „und ich - wenn man anderen glauben kann, man sieht sich selbst ja nie so wie die anderen es tun - ich sehe ebenfalls meinem Vater gleich."

Er wurde noch vergnügter. „Und wir beide, nein," brach er ab, da in diesem Moment die drei Herren Butler nochmals kamen, den Tisch abräumten und kleine Schüsseln her stellten, „nein, wir essen erst einmal in Ruhe unseren Nachtisch fertig. Nachtisch ist heilig, alles andere später."

Der Nachtisch war nicht nur heilig, sondern excellent.

Und irgendwas sonst noch war der Nachtisch oder in meinem Nachtisch, denn im nächsten Moment wurde mir schwarz vor Augen und ich begann, einen langen Traum zu träumen. Jemand nervte mich ungeheuer mit Fragen und nochmals Fragen. Ich kann das nicht ausstehen, wenn man von mir Auskunft will über einesteils lächerliche Sachen und andererseits über Dinge, die mein Privatleben betreffen. Also ungefähr die Frage : Gehen Sie fremd ? Ich stehe auf dem Standpunkt, wen in aller Welt geht denn das was an ? Höchstens meine Frau oder meine Chefin oder meine Nachbarin oder meine Freundin. (Jetzt hab' ich Blödmann mich wieder vergaloppiert, meine Frau liebt solche Witze nämlich überhaupt nicht.) Nein, also da fragte jemand zum Beispiel, wie heißt Ihr Vater, wo wohnt er, was macht er ? Nachdem meine Mutter seine Urne in ein anonymes Grab hatte legen lassen, tat ich mir mit der Angabe der Adresse doch etwas schwer.

Als ich aus diesem eigenartigen Halbschlaf aufwachte - keine Ahnung, nach welcher Zeit - war mir übel. Elend übel. Dass gleich neben der Couch, auf der ich lag, ein Mann in einem weißen Arztkittel stand, beruhigte meinen Magen nicht die Bohne. Zu allem Unglück schien er ein Scherzbold zu sein.

„Ihnen ist übel, nicht wahr ?" stellte er nämlich fest.

„Wie kommen Sie darauf ?" fragte ich zurück und stellte meinerseits fest : „So geht es mir immer nach dem Mittagsschläfchen, wenn ich vorher ein verkorkstes Dessert gegessen habe."

Er schüttelte den Kopf, sagte : „Das Dessert war nicht verkorkst," und hielt mir einen kleinen Becher mit einer rötlichen Flüssigkeit hin. Jetzt keinen Cocktail, teilte mir mein Magen mit, oder ich lass dich reihern, dass du nicht mehr aus den Augen schauen kannst. Also lehnte ich brav ab.

„Trinken Sie," lächelte der Arztkittel, „trinken Sie ruhig. Sie werden danach bestimmt nicht erbrechen" - Hellseher war er also auch - „ganz im Gegenteil, die Übelkeit wird innerhalb von zwei Minuten verschwinden."

Die letzten Worte hatte auch Bürstenhaarschnitt gehört, der in das Zimmer gekommen war, und fügte sachverständig hinzu : „Sie werden verstehen, dass wir auf unsere Möglichkeiten, sicher zu gehen, nicht verzichten konnten. Es steht für uns zuviel auf dem Spiel."

Idiot, antwortete mein Magen, ich war etwas höflicher. „Dann sind Sie hoffentlich jetzt zufrieden. Mir ist nämlich speiübel."

Sie werden es nicht glauben, aber Bürstenhaarschnitt grinste. „Das geht allen so, die in dieser Lage sind," antwortete er. „Wie Ihnen der Doktor sicher bereits gesagt hat, das geht ganz schnell vorbei. Befriedigt es Sie nicht, dass wir nunmehr überzeugt davon sind, dass Sie nicht der Gegenseite angehören ?"

Wenn ich bisher auch nicht wusste, wer diese Gegenseite war, so war ich doch kolossal zufrieden. Noch zufriedener wurde ich, als ich spürte, dass der gute Doktor recht hatte. Mein Magen beruhigte sich vollständig. Aber wie Ärzte so sind, sie können es nicht vertragen, wenn der Patient gesundet und ihrem Wirkungsbereich zu entgleiten beginnt.

„Und dieses Mittel," drohte er mir noch schnell zum Abschied, bevor er das Zimmer verließ, „dieses Mittel, das den Willen vorübergehend ausschaltet, wird vom Körper ziemlich rasch abgebaut. Im Normalfalle dürften sich im Nachhinein keine Komplikationen einstellen."

Vielen heißen Dank. Was kann schöner sein, als um eine Portion Gift im eigenen Körper zu wissen. Bewundernswert das Bemühen von Geheimdienst und Arzt, der irgendwann einmal einen hypokratischen Eid geschworen hat, an einem Strang zu ziehen. Da braucht keinem Vaterland Bange werden.

„Lassen Sie das Grübeln," grinste Bürstenhaarschnitt schon wieder, „die Sache ist vorbei. Aus und vorbei. Vergessen Sie's und kommen Sie mit in den Salon."

Na gerne doch. Vergessen wir die Geschichte. Es war ja schließlich nur mein Körper, in dem das Gift
.....

Zum dritten Male grinste der Kerl. „Freuen Sie sich doch, denn Sie haben allen Grund dazu. Wissen Sie noch, was der Baron Ihnen zu Beginn sagte ? Dieses Haus verlässt man nur mit unserer Erlaubnis oder in einem Sarg." Er grinste noch breiter. „Und den Sarg können Sie nun vergessen. Das ist doch erfreulich, oder ?"

Für den Sargmacher nicht. Für mich schon, das musste ich zugeben. Ich wuchtete mich aus der Couch und ging hinter Bürstenhaarschnitt her, der schon halb aus der Tür war. Wir gingen einen langen Flur, der schon fast eine Halle und ausgestattet wie ein Ritterzimmer war, hindurch bis zu einer wuchtigen, mit Schnitzereien verzierten Doppeltüre. Dort stand einer der jungen Männer und öffnete sie für uns.

Drinnen erhob sich mein Ebenbild aus einem offensichtlich sehr gemütlichen Sessel, kam auf mich zu und umarmte mich. Ich liebe so etwas unter Männern ja nicht besonders, spielte aber mit, da ich weiß, dass Südländer damit gerne Freundlichkeit und ihre Verbundenheit zeigen.

„Setz dich hin, Cousin," sagte mein Ebenbild und wies auf die stilvolle Gruppe an Sesseln, die vor einem offenen Kamin auseinandergefächert war. „Du erlaubst mir diese Anrede, aber wir sind ja wohl offensichtlich verwandt, ziemlich eng sogar."

Nachdem ich zwei und zwei zusammengezählt hatte, war ich auch schon zu diesem Ergebnis gekommen, also sein Großvater war auch der meine. Und das hieß, dass er nicht im Ersten Weltkrieg .....

„Ich kann es nicht abwarten," unterbrach Roberto - da ich den Namen ja inzwischen wusste, war er ja auch sicher zutreffend - meine Gedanken, „alles von meinem Onkel, von dessen Existenz ich ein Leben lang keine Ahnung hatte, zu erfahren, aber nachdem du, lieber Volker, mein Gast bist - mittlerweile nicht ein ‚aufgetauchter', sondern ein willkommener - hast du das Recht, erst einmal über unseren gemeinsamen Großvater zu erfahren, was du sicher wissen willst."

Kaum saßen wir, kam auch schon einer der unvermeidbaren Butler herein, stellte jedem ein Rotweinglas hin und mitten auf den Tisch, der so alt und wertvoll aussah, dass ich ihn nicht einmal zu berühren mich getraut hätte, einen Fiasco. Fiasco, das ist die zur Hälfte mit Korb umflochtene Weinflasche, die man heutzutage eigentlich nirgends mehr sieht. Wer ein Opern-Fan ist wie ich, der weiß, dass die Oper ihre Blütezeit im neunzehnten Jahrhundert gerade hier in Italien hatte, und wenn Sänger und Darsteller damals nicht den Geschmack der Zuhörer trafen oder womöglich sogar schlecht sangen, dann warf man gerne mit - natürlich nicht mit vollen, sondern vorher leer getrunkenen - Fiasci auf die Bühne. Sogar ein Enrico Caruso erlebte solches zu Beginn seiner Karriere. Mit der Zeit symbolisierte ein Fiasco dann etwas, das durch und durch schiefgegangen ist. Eigenartigerweise gelangte dieser Begriff auch in den deutschen Sprachraum, obwohl italienisch niemals bei uns Modesprache war, so wie französisch in der napoleonischen Besatzungszeit oder eben heute englisch.

„Also, was ich aus der Zeit um den Ersten Weltkrieg von unserem Großvater weiß," begann Roberto zu erzählen, „das hat mir meine Mutter erzählt, und sie wusste es von ihrer Schwiegermutter. Großvater Roberto erzählte nämlich niemals von sich selbst. Er hatte als junger Mann eine große Liebe, aber eine tedesca, eine Deutsche. Dass sie ein Kind miteinander hatten, davon war nie die Rede, davon wusste meine Mutter sicher nichts. Großvater musste, als er aus dem Krieg heimkehrte, lange Zeit sehr traurig gewesen sein, denn inzwischen war seine geliebte tedesca an Tuberkulose gestorben, der Leichnam war in ihre Heimat überführt worden. Wie seine Eltern es von ihm erwarteten, heiratete er nach zwei Jahren ein Mädchen aus, na ja, nicht ganz echtem Adel, sagen wir mal so, aus Geldadel, und dieses Mädchen wurde unsere - halt nein, natürlich nur meine - Großmutter Teresa. Beide hatten einen Sohn, Francesco Roberto de Calcaterra, und eine Tochter, die ebenfalls Teresa hieß wie ihre Mutter, aber schon als kleines Kind an einer Krankheit starb, ich muss gestehen, ich weiß nicht, an welcher."

Roberto sah mich an und ich nickte ihm zu, er sollte ruhig weiter erzählen.

„Nach dem zweiten Weltkrieg heiratete Francesco, und zwar standesgemäß, eine römische Prinzessin und verdoppelte somit unser Vermögen, das bis dahin auch nicht gerade wenig war. Seit dieser Zeit besitzen wir zwei Palazzi, das hier ist das eigentliche Haus der Calcaterras, meine Eltern übersiedelten, als sie gebrechlicher wurden, auf Wunsch meiner Mutter in ihr Geburtshaus. Sie sind dort noch relativ selbständig, haben aber natürlich genügend Personal um sich. Ich kam übrigens 1951 auf die Welt, und du ?"

„Ein Jahr vorher, 1950," murmelte ich.

„Unglaublich !" Roberto schüttelte den Kopf. Dann fuhr er fort.

Das heißt, er wollte weiter erzählen, brach aber ab.

„Du musst entschuldigen, jetzt bin ich schon bei mir, und dabei wollte ich dir von unserem Großvater erzählen. Also Großvater Roberto war scheinbar nicht so besonders glücklich mit seiner Teresa, ich habe noch gut in Erinnerung, wie ich mich als Kind vor seinen Wutanfällen fürchtete, und die bekam er für mein Empfinden stets dann, wenn er mit Großmutter Teresa über irgendetwas stritt. Ach ja, schon in den Zwanziger Jahren trat er wieder in das Militär ein und war zum Schluss Oberst im

Generalstab, also mit Schluss meine ich, als er sich ins Privatleben zurückzog. Und wenn ich so sage, dass ich mich vor seinen Wutanfällen fürchtete, dann muss ich aber auch dazusetzen, dass er mir gegenüber als Großvater weder besonders streng noch sonst wie unangenehm war, ich meinte als Kind schon seine Liebe zu spüren, aber er war doch irgendwie, na sagen wir mal, ein bisschen distanziert. So im Gedächtnis habe ich ihn als würdevollen, sehr ruhigen alten Herren, der sich kaum noch aus dem Palazzo fortbewegte und großen Wert darauf legte, in Ruhe seine Bücher lesen zu können. Wir Calcaterras sind in männlicher Linie ziemlich zäh, unser Großvater starb mit knapp über achtundachtzig Jahren und ich kann mich beim besten Willen nicht daran erinnern, dass er sich jemals über ein Wehwehchen beklagt hätte. Na ja," Roberto lachte, „kurzsichtig war er wie alle von uns, deine Brille schaut mir auch nicht nach Fensterglas aus, das ist wohl eines unserer Erbgüter."

Nach einer kurzen Pause meinte er : „Dann mache ich gleich mit mir weiter, ist dir das recht ?"

„Und dein Vater, Francesco ?" fragte ich.

Roberto nickte. „Ja, wenn ich sagte, ich mache mit mir weiter, dann wollte ich sowieso mit ihm beginnen. Schnell noch nebenher gesagt, ob ich ihm von seinem Bruder erzählen werde ? Er wird in zwei Monaten sechsundachtzig und hat sich wie unser Großvater damals zurückgezogen. Er liest gerne und will seine Ruhe, von womöglich aufwühlenden Neuigkeiten will er nichts wissen. Na, wir werden sehen. Also ich habe wie Großvater die militärische Laufbahn eingeschlagen und bin schon ziemlich am Anfang beim Geheimdienst gelandet.

Frag' mich bitte nicht, wie, wo, was, zum einen darf ich nichts sagen und zum andern sei froh, wenn du manches gar nicht erst hörst. Ich leite, soviel kann ich dir sagen, eine spezielle Abteilung, die sich mit einer ebenso speziellen Sorte von Kriminellen herumschlägt. Nur," - seine Mundwinkel gingen herunter und sein Gesicht wurde hart - „wir arbeiten nicht wie Polizisten. Wir befinden uns im Kriegszustand und in diesem geht es nicht ohne Opfer ab. Auf beiden Seiten."

Er verstummte und starrte vor sich hin.

Zum ersten Mal mischte sich Bürstenhaarschnitt - noch hatte mir niemand seinen Namen verraten - ein. Leise sagte er : „Der Baron hat auf diese Weise seine Frau und sein einziges Kind, eine Tochter, verloren. Wenn die Mafia nicht an eine Person herankommt, dann beginnt sie, deren Umkreis auszuradieren. Damals waren wir zu langsam."

Ich sagte nichts. Die Floskel ‚das tut mir leid' war überflüssig. Ich wusste, was mein Cousin fühlte. Als mein jüngster Sohn vor Jahren auf der Intensivstation lag, schickten die Ärzte uns zunächst mit dem Rat, wir bräuchten uns keine Sorgen machen, wir sollten lieber rasch dafür sorgen, dass unsere anderen Kinder wegen der Ansteckungsgefahr mit den notwendigen Tabletten versorgt werden würden, nach Hause, und dann kam der Anruf, wir sollten doch schleunigst wieder kommen, unser Kind läge im Sterben. Die halbe Stunde, die die Fahrt in das Krankenhaus dauerte, war eine halbe Stunde Hölle. Ich, sonst die Ruhe selbst, war nicht einmal fähig, mein eigenes Auto zu fahren, das musste meine Frau machen. Also wie gesagt, ich wusste, was mein Cousin fühlte. Man kommt über bestimmte Ereignisse im Leben nie hinweg, von wegen die Zeit heilt alle Wunden, das können die leicht sagen, die keine Wunden haben.

Ich fasste seinen Arm und drückte ihn, vielleicht waren es zehn Sekunden, vielleicht fünf Minuten.

Dann, als ich spürte, dass er sich langsam wieder aufrichtete, sagte ich : „Wenn ich das also richtig interpretiere, zum einen das Wort Kriegszustand, zum andern, dass ihr nicht wie die Polizei arbeitet, und zum dritten, dass die Mafia mit derartigen Aktionen euch zu schaden sucht, dann heißt das wohl, dass ihr nicht die Aufgabe habt, Kriminelle zu verhaften. Seid ihr da irgendwie irgendwo in der Politik verankert oder arbeitet hier der italienische Geheimdienst selbständig ?"

Roberto, mein neuer Cousin, sah mich an und lächelte leicht. „Ich weiß, der brave demokratische Staatsbürger weist diese Art von Justiz mit Abscheu von sich. Aber niemand, der sich wirklich ernsthaft mit dieser Angelegenheit befasst, kann verkennen, dass die Mafia längst schon in Politik und Regierung mitmischt. Immerhin wenigstens nicht so, dass man es öffentlich zugäbe, aber damit zeigt man ja doch, dass es Unrecht ist. Nun, wenn ich jetzt einmal unseren jetzigen politischen Staatslenker Silvio Berlusconi hernehme, so würde ich nicht meine Hand ins Feuer legen dafür, dass er frei von jeglicher Verbindung zur Mafia ist. Von dieser Seite der Politik geht also unser Kampf gegen die Mafia nicht aus. Wir sind das Militär, und wahrscheinlich die einzige Organisation, die zu unterwandern der Mafia nicht geglückt ist. Ich unterstehe dem Generalstab und bekomme von dort absolute Rückendeckung. Doch zum Kuckuck," er unterbrach sich und lachte, „so tief-schürfend können wir das Gespräch ein andermal werden lassen. Jetzt möchte ich was erfahren von meinem Onkel und natürlich auch von dir. Oder habe ich noch mehr Cousins und Cousinen ?" Er lachte wieder, nicht laut und polternd oder so in meckernder Art, sondern wie ich, ziemlich leise und eher verhalten.

„Doch," bestätigte ich, „noch zwei Cousins mehr, ich habe einen jüngeren und einen älteren Bruder."

Bürstenhaarschnitt schenkte uns allen dreien Wein nach und Roberto lehnte sich zurück und stellte fest : „Übrigens, so leid mir deine Großmutter, also Großvaters Gisella, auch tut, wenn damals nicht alles so geschehen wäre, wie es geschehen ist, dann gäbe es uns beide heute nicht." Ich nickte zu dieser weisen Feststellung, und er fügte noch nachdenklich hinzu : „Schade, sehr schade, dass ich meinen Onkel Alfonso nie kennengelernt habe." Dann sah er mich aufmunternd an.

Aha, also war ich an der Reihe. Jetzt könnte ich Sie mit dem kleinen Finger dazu bringen, zu bereuen, dass Sie dieses Buch gekauft haben, und Wort für Wort alles berichten, was ich meinem neuen Cousin erzählte. Sie können aufatmen, das lass' ich bleiben. Es interessiert Sie ja sowieso nicht. Berichtenswert ist nur, dass Roberto ab und zu Zwischenfragen stellte, und bei einer dieser Fragen merkte, dass er mir bis jetzt Bürstenhaarschnitt noch gar nicht vorgestellt hatte. Doch ab da wusste ich es. Er hieß Alessandro Girotti, war Major und in dieser Abteilung der Stellvertreter meines Cousins. Und als er gegen Ende des Gesprächs auch einmal in der Unterhaltung mitmischte, erzählte er, wie erschrocken er war, als er - wie er es ab und zu gewohnheitsmäßig zu machen pflegt - heute zur Mittagszeit aus dem Fenster blickte und schräg gegenüber vor dem Straßencafe seinen Chef sitzen sah, völlig frei, ohne jeglichen Leibwächter. Bevor er überlegen konnte, was wohl in diesen gefahren sei, war er mit den sechs jungen Männern, den Leibwächtern, losgerast. Sein nächster Gedanke - dann, als er feststellen musste, dass sein Chef ja doch in seinem Zimmer am Schreibtisch saß - also sein nächster Gedanke war, dass es der Mafia gelungen sein musste, auf diese Weise einen Doppelgänger einzuschleusen, und er hatte eine Zeit lang eine irre Angst, dieser Doppelgänger könnte eine Bombe am Leib haben und machte sich deshalb große Vorwürfe. Ich musste meine bisherige Meinung über ihn revidieren, denn er erwähnte auch bei dieser Gelegenheit, dass mein Goldkettchen mit dem mir so wichtigen Anhänger bereits beim Reparieren sei, noch heute Abend würde ich es wieder umhängen können. Er dachte also mit und durfte deswegen eigentlich kein schlechter Stellvertreter meines Cousins sein.

Ich erzählte also von meiner Familie, zuerst vom Lebensweg meines Vaters, als zweites von meinen beiden Brüdern und ihrem Werdegang, und dann von meiner eigenen Familie, wobei ich natürlich ein bisschen vorsichtig formulierte, nicht zu enthusiastisch, um meinen Cousin nicht zu brüskieren, da ich ja fünf Kinder habe und er sein einziges Kind verloren hat. Als ich erwähnte, dass einer meiner Söhne ebenfalls Robert heißt und vom Schicksal meines jüngsten Sohnes berichtete, blieb er wie vorher ich auch stumm und drückte meinen

Arm.

In diesem Moment summte ein Telefon, das mir bisher gar nicht aufgefallen war, es stand in einem großen Regal zwischen einer Unmenge Bücher. Roberto eilte hin und lauschte eine Weile. Danach sagte er das unvermeidliche ‚va bene', kam zurück und meinte bedauernd : „So gerne ich jetzt hier sitzen geblieben wäre, wir müssen aber beide," er wies mit der rechten Hand auf Bürstenhaarschnitt Alessandro, „dringend ins Besprechungszimmer. Unser gemeinsamer Vor-gesetzter ist gekommen und hat irgendetwas Wichtiges auf dem Herzen. Fühl' dich bitte inzwischen wie zuhause, wenn du etwas brauchst, dort drüben," er zeigte nach links neben den Kamin, „ist eine Klingel, und einer meiner Leute kommt sofort, und dort," er zeigte auf einen prächtigen Schrank, der in ungeheuer geschickter Weise zwischen zwei der hohen Fenster eingebaut war, „dort sind alle unsere Familienunterlagen, Foto-Alben, Urkunden und was weiß ich was alles. Schau durch, was dich interessiert. Und genier dich nicht," erinnerte er mich, „ klingel und lass dir bringen, was immer du willst."

Major Bürstenhaarschnitt, der schon fast aus der Tür war, steckte seinen Kopf wieder herein und setzte grinsend hinzu : „Wie wär's mit einem Cappucino ?"

Es sollte über eine Stunde dauern, bis Roberto zurück kam. Aber von mir aus hätte es ruhig länger dauern können, selbst bis zum nächsten Morgen hätte es mir nichts ausgemacht. Als Volksschullehrer habe ich zwar kreuz und quer durch sämtliche Fächer unterrichtet (na gut, Handarbeit natürlich nicht), aber als gelernter Hauptschullehrer hatte ich meine Prüfung in Geschichte gemacht, eines der interessantesten Fächer, die es gibt. In diesem Schrank waren Fotoalben und Urkunden und solches Zeug ? Na, das war die Untertreibung des Jahres. Hier lagen fein säuberlich archiviert Papiere, die lückenlos bis ins vierzehnte, in Worten: bis ins vierzehnte Jahrhundert zurückreichten. Die Familie De Calcaterra konnte ihre Vorfahren - mit ehrfürchtigem Schaudern dachte ich beim Entziffern, auch *meine* Vorfahren - über jeweils immer den ältesten Sohn Jahrhunderte weit zurückverfolgen ! Haben Sie einmal gehört oder gelesen von den Archiven im Vatikan, die angeblich einen Einblick gewähren über zwei Jahrtausende ? Na, was sind schon zwei Jahrtausende bei einer solchen Riesenorganisation wie die Kirche gegen sechs oder sieben Jahrhunderte Erinnerungsstücke einer einzigen Familie ! Ich war schlichtweg gefesselt, in einem Bann, dass ich Roberto erst bemerkte, als er mir auf die Schulter klopfte.

„Bemerkenswert, was ?" nickte er mit dem Kopf. „Ich habe noch nie in meinem Leben Zeit genug gehabt, alles durchzustudieren." Er lächelte. „Das hebe ich mir alles für die Zeit auf, in der ich in Pension und Privatmann bin."

Dann sah er mich mit einer Mischung aus Traurigkeit und doch etwas hoffnungsvoller Fröhlichkeit an. „Ich habe ja nun kein Kind, dem ich diese ganzen Familienunterlagen weitervererben kann, aber vielleicht hat es das Schicksal so geplant, dass die Familie in euch, in Onkel Alfonsos

Zweig, weiterleben soll." Und jetzt sah er richtig froh drein, als er dazu setzte : „Weißt du was, ich freue mich richtig, dass du hier bist. Ob Calcaterra oder Lindnero, jetzt ist sicher, die letzten Römer - denn nur wir Stadtadeligen sind durch die Jahrhunderte hindurch echte Römer geblieben, alle anderen Einwohner Roms haben sich vermischt oder sind zugezogen - also die letzten Römer sterben nicht aus."

Von der Seite hatte ich ja alles noch gar nicht betrachtet. Na, da würden meine Kinder aber staunen, wenn ich ihnen klarlegen würde, dass sie die letzten Römer wären. Vielleicht würden sie auch danach hinter meinem Rücken mit dem Zeigefinger an die Stirn tippen.

„Und, was ist mit deinem Chef ?" fragte ich. „Gibt's Unangenehmes ?"

„Wie man's nimmt," Roberto zuckte mit den Achseln, „Unangenehmes ist ja ein Synonym für unseren Job. Aber es ist manchmal wirklich so, wenn man vom Teufel spricht, dann taucht er im nächsten Moment auf." Er lachte. „Nein, ich meine nicht den General. Ich habe doch vorhin über Berlusconi gesprochen, na ja, und wegen ihm war der General hier."

Roberto seufzte und schüttelte den Kopf. „Da geht es wieder um etwas, das ich überhaupt nicht gerne mache. Berlusconi schickt mir einen Staatssekretär, weil der mit mir was besprechen soll. Laut General geht es um Mafia-Strukturen, die die Regierung angeblich im Auge hat."

Er ließ sich in einen Sessel fallen und bot mir mit einer Handbewegung den Sessel daneben an. „Und solche Leute kommen stets mit Leibwächtern und

Gefolge, am Ende womöglich noch mit Journalisten, und da ich es ablehne, all dieses Volk hier in meinem Haus zu empfangen, muss bei so was immer ein geeigneter Treffpunkt gesucht werden, man braucht Absicherungen..." Er winkte ärgerlich mit der Hand ab. „Das bedeutet jedes Mal eine Arbeitsintensität, die am Schluss völlig umsonst war, denn das Gewäsch von dieser Art Politiker bringt ....., ach, entschuldige, ich bin schon wieder in meinem Fahrwasser. Und jetzt muss ich dich leider schon wieder etwas einengen. Mein Stellvertreter hat mich an was erinnert; wir haben zwar natürlich eine abhörsichere Telefonleitung hier im Haus, aber du weißt ja, sicher ist sicher. Es wäre uns sehr recht, wenn du vorläufig - auf alle Fälle mal heute und morgen - auf jegliches Telefonat verzichten könntest."

Er sah mich ernst an. „Ich will nicht herumdrucksen, aber dir ist vielleicht mittlerweile auch klar geworden, dass durch mich auch deine Familie in Gefahr kommen könnte, wenn durch irgend einen dummen Zufall die verwandtschaftliche Beziehung aufgezeigt werden würde. Wartet deine Frau auf den regelmäßigen täglichen Telefonanruf ?"

Da konnte ich ihn beruhigen. „Eher nicht, ich hab' heute morgen eine SMS geschickt und die nächsten Tage wundert sich niemand, wenn ich Telefonmuffel mich nicht rühre." Dann fiel mir etwas ein. „Aber umgekehrt ! Wenn es irgend etwas Besonderes geben sollte, dann kann es sein, dass meine Frau mich an meinem Handy anruft."

„Das ist kein Problem," Roberto schüttelte den Kopf, „du kannst jedes Gespräch annehmen. Solange du dich nicht verplapperst und etwas sagst, das auf unsere Situation hinweist, ist das völlig ungefährlich. Das ist nicht anders, als wenn du dort drüben in dem Straßencafe ein Gespräch führst. Nur von hier abgehen darf nichts, da ist die Gefahr einer Registrierung und damit verbundenen Ortsfeststellung einfach zu groß."

Er seufzte tief. „Am liebsten wäre es mir natürlich, du würdest gar nichts von deinem Zusammentreffen mit mir erzählen, bis wir nicht eine Möglichkeit ausgetüftelt haben, Kontakt halten zu können möglichst ohne jede Gefahr."

Roberto hob den Fiasco in die Höhe, um zu prüfen, ob noch Wein darin wäre - dem war so - und schenkte uns noch einmal ein.

„Salute," sagte er feierlich, „auf unsere Familie, ob sie nun Lindnero oder Calcaterra heißt. Sag mal, meinst du, dein ältester Sohn, der Roberto, hätte etwas dagegen, wenn ich ihn adoptieren würde ? Dann könnte hier alles beim alten bleiben. De Calcaterra klingt ja nun mal nicht schlecht, oder ?"

Da schau her, mein Ebenbild-Cousin konnte fast so witzig sein wie ich. Oder hatte er es ernst gemeint ? Doch ich kam in diesem Haus nicht dazu, etwas längerfristig überdenken zu können. Es klopfte an der Tür, ich werde nie herausfinden, wie es geht, so klopfen zu können, auf der einen Seite leise und völlig unaufdringlich, auf der anderen Seite aber doch fordernd und unüberhörbar. Gleich danach trat einer der vornehmen Butler ein und sagte, als Roberto aufsah, in dezentem Ton : „Die Herrschaften wünschen heute Abend mit Ihnen zu speisen, Herr Baron." Mit einem hoheitsvollen Seitenblick auf mich fügte er hinzu : „Für wie viele Personen soll ich decken lassen ?"

„Ach du lieber Himmel !" Roberto schien richtig begeistert zu sein. Die Herrschaften ? Ich dachte bisher, er wäre hier der Hausherr ? „Du lieber Himmel," wiederholte er sich, „ausgerechnet heute !" Dann sah er mich entschuldigend an.

„Meine Eltern ! Wenn sie beschlossen haben, dass im Calcaterraschen Palazzo Abendessen aufgetischt wird, dann passiert das auch. Und wenn ich mit dem Hubschrauber von Sizilien herfliegen muss. Da gibt es keine Diskussion, solange mein Vater lebt, ist er das Oberhaupt der Familie."

Er stutzte und sagte nochmals „Um Himmels Willen !" Dann schüttelte er verzweifelt den Kopf. „ Was machen wir denn mit dir ? Ich hab' nicht die leiseste Ahnung, ob ich ihm jemals beibringen kann, dass er einen Bruder hat, auf gar keinen Fall können wir heute Abend als Zwillinge auftreten."

Ich übernahm die Initiative, wandte mich an den Butler und sagte zu ihm (wobei ich gespannt darauf wartete, wie er reagieren würde) : „Mich bitte nicht mit einrechnen. Lassen Sie so decken wie gewohnt. Ich denke, ich werde dann auf meinem Zimmer essen."

Der Butler verzog keine Miene, wartete auch nicht, ob mein Cousin etwas sagen würde, sondern verließ das Zimmer mit dem kurzen Satz : „Sehr wohl."

Roberto grinste - das war endlich mal etwas, das er offenbar besser konnte als ich - und meinte : „Mein lieber Mann, du hast soeben demonstriert, dass wir beide ziemlich leicht aus-tauschbar sind."

„Da besteht keine Gefahr," antwortete ich. „Meine Frau würde das nach spätestens einer Viertelstunde gemerkt haben. Und deine Untergebenen vermutlich noch schneller."

Er grinste wieder. „Aber weil du dir dein Essen schon auf das Zimmer bestellt hast, da hab' ich was Feines für dich. Komm mal mit!"

Wir gingen den Flur entlang bis zu dem Zimmer, in dem wir zu Mittag gegessen hatten. Roberto zeigte es mir kurz noch einmal, und vor allen Dingen wies er auf ein Gemälde darin, so ein riesiger Schinken mit einer Menge Menschen darauf, die sich scheinbar bei einem Picknick oder so was ähnlichem vergnügten, und forderte mich dann auf, in das an diese Wand angrenzende Zimmer zu gehen.

„Das ist eines der Gästezimmer, in dem bist du recht gut untergebracht. Schau hier, gleich rechts die Türe, die führt in ein dazugehöriges Bad. Aber hier," er zeigte auf die Wand, die zum Esszimmer grenzte, und an dieser auf ein geflochtenes Holzquadrat, „das hier kann man verschieben." Er demonstrierte es, und dahinter kamen zwei sauber verputzte, in die Wand eingelassene Öffnungen zum Vorschein. „Hier steht man in gleicher Höhe wie das Bild drüben und kann alles mit ansehen, was im Esszimmer passiert. Probier's mal aus!"

Tatsächlich, als ich mich in Position stellte und durch die Öffnungen sah, stellte ich fest, dass man den ganzen Raum überblicken konnte.

„Siehst du? Du musst uns ja nicht die ganze Zeit beim Essen zuschauen, aber du hast Gelegenheit, deine Tante und deinen Onkel einmal zu sehen, ohne dass dich jemand bemerkt."

Geheimdienst-Beobachtungs-Möglichkeit wie in einem seichten Thriller. Na, das war ja was. Andere Leute beim Essen beobachten, ohne dass sie etwas davon wissen. Pfui Teufel. Durch ein Guckloch luren wie eine Putzfrau durchs Schlüsselloch. Da müsste ich mich mein Leben lang schämen oder wenigstens eine Woche lang. Ich bin doch nicht Hänschen Neugierig.

Am Abend war ich pünktlich auf meinem Beobachtungsposten. Zum zweiten Mal, seit ich hier in Rom war, musste ich meiner Pumpe vorschlagen, etwas ruhiger zu arbeiten. Nicht, dass die dort drüben mein Herzklopfen noch hören würden ! Es war zwar nicht ganz so, wie bei meinem Cousin Roberto und mir, aber die Ähnlichkeit zwischen meinem neuen Onkel Francesco dort drüben im Esszimmer und meinem verstorbenen Vater war schon auch noch beeindruckend. Er kam mir nur etwas - wie sagte doch Roberto - ach ja, gebrechlicher vor, nein, ist eigentlich auch nicht richtig ausgedrückt, irgendwie vermittelte Onkel Francesco so den Eindruck, nicht mehr alles um sich herum ganz mitzubekommen. Mein Vater Alfons war schon auch sehr ruhig, aber bis zum Schluss geistig erstaunlich fit.
Ein merkwürdiges Gefühl, zu sehen, dass da der Bruder meines Vaters saß, aß, sich unterhielt, ab und zu nickte, und mein Vater hat sein Leben lang nichts von ihm gewusst.
Je länger ich ihn beobachtete, umso mehr stimmte ich Robertos Meinung zu, dass man es sich gut überlegen sollte, ob man dem alten Herrn überhaupt noch etwas davon erzählen sollte.
Ab und zu setzte ich mich an den vornehm gedeckten Tisch und aß die nächste Portion. Ob ich von den zahlreichen verschiedenen Gabeln und

Löffeln immer das korrekt zur Speise gehörige Werkzeug erwischte, bezweifle ich, aber es - mittlerweile überraschte mich das in diesem Haus in keinster Weise mehr - schmeckte alles auch so wunderbar. Mit dem Rotwein, der hier kredenzt wurde, konnte meiner zuhause nicht mithalten.

Als es an der Tür klopfte, war ich mit dem Essen fertig. Wer immer da war, er besaß das richtige Timing. Irgendwie traute ich mich nicht ‚Herein !' zu rufen, weil ich Scheu davor hatte, man könnte meine Stimme - was natürlich sicher nicht möglich war - also man könnte meine Stimme drüben im Salon hören. Ich ging zur Tür und öffnete so weit, dass ich einigermaßen hinaussehen, der oder diejenige draußen aber nicht viel von mir sehen konnte. Es war Major Bürstenhaarschnitt. In den Händen hielt er ein Tablett mit zwei Cappucini darauf und grinste schon wieder.

Als ich die Tür ganz öffnete, trat er ein und meinte : „Ich bin Ihnen ja noch einen Capuccino schuldig. Und wenn es nicht stört, trinke ich einen mit. Außerdem hätte ich noch etwas mit Ihnen zu bereden."

Na, es war nicht ganz die Zeit für diesen Kaffee, aber wenn jemand Schulden zahlen will, dann ist das Dümmste, was man tun kann, ihn daran zu hindern.

Wir saßen beide solange stumm da, bis die Tassen leer waren und dann schlug Major Girotti die Beine übereinander, lehnte sich bequem in seinen Sessel zurück und begann zu sprechen. „Wir setzen Ihr Einverständnis voraus und haben Ihr Hotelzimmer gekündigt und Ihren Koffer hierher geholt. Als naher Verwandter des Barons müssen Sie selbstverständlich hier im Haus wohnen."

Er langte in seine Brusttasche und holte mein Handy heraus. „Hier ist Ihr Handy, frisch aufgeladen. Ich weiß, es ist überflüssig, aber ich möchte Sie trotzdem noch einmal daran erinnern, bitte rufen Sie nirgends an. Jedes Gespräch, das abgeht, bedeutet für uns große Gefahr, hingegen kann man aus Gesprächen, die Sie annehmen, kaum Rückschlüsse ziehen. Das wäre nur dann auffällig, wenn die Gegenseite von Ihnen wüsste. Trotzdem, wenn Sie ein Gespräch annehmen, dann wären wir Ihnen verbunden, wenn Sie es einigermaßen kurz halten würden."

Ich antwortet, dass er sich da keine Sorgen machen brauche, ich selbst hätte nicht vor, zu telefonieren, und meine Frau würde mich - wie gesagt - nur anrufen, wenn es etwas Besonderes geben sollte.

So ganz dämlich bin ich ja nun auch wieder nicht, mir war schon klar, dass ich hier in eine, na ja, sagen wir mal heikle Situation hineingeraten war. Auf alle Fälle freute er sich.

„Ist noch was von dem Wein übrig ?" fragte er und zeigte auf den Fiasco auf dem Tisch. Hielt er mich für einen Seeufer ? Natürlich war noch so viel drin, dass jeder ein halbes Glas bekam.

„Salute !" Bürstenhaarschnitt hob sein Glas, und so wie er mich ansah, wollte ich darauf wetten, dass er noch was auf dem Herzen hatte. Und prompt setzte er das Glas ab und setzte dafür zu reden an. „Leider, leider haben wir noch ein Problem. Der Staatssekretär - Sie wissen schon, von dem heute Nachmittag die Rede war - also der macht auf furchtbar eilig. Er beharrt darauf, sich morgen mit dem Baron treffen zu müssen, und zwar gleich vormittags. Zum einen ist es uns nun unmöglich, in dieser kurzen Zeit einen anderen Ort für ein Treffen so abzusichern, dass es für uns wenigstens befriedigend ist, also kann ein solches Treffen doch nur hier stattfinden, und zum andern müssen wir Sie deshalb bitten, für diese Zeit unsichtbar zu bleiben. Sie verstehen, zwei gleiche Barone ...."

Er lachte etwas trocken.

„Zimmerarrest ?" fragte ich. „Solange ich in den Familienunterlagen stöbern kann, stört mich so was überhaupt nicht."

Draußen wurde es etwas laut.

„Ah," meinte er zufrieden, „die Herrschaften sind im Aufbruch. Da wird es nicht mehr lange dauern, bis der Baron wieder Zeit für uns hat. Wie sieht es aus," erkundigte er sich interessiert, „lassen wir uns noch einen Fiasco kommen oder wollen Sie lieber umsteigen ?"

Ich war mir nicht ganz sicher, ob ich eine Umsteige-Fahrkarte gelöst hatte. „Wenn es nichts ausmacht, würde ich gerne beim Rotwein bleiben."

„Was sollte es ausmachen," antwortete er vergnügt, „Sie haben ganz einfach den gleichen Geschmack wie der Baron, wie Ihr Cousin."

Er erhob sich. „Bin sofort wieder hier," versprach er. „Gehen Sie inzwischen nicht weg. Das war ein Witz."

Hätte ich gar nicht gemerkt. Trotzdem versprach ich, hier brav sitzen zu bleiben und zu warten.

Kaum war er draußen, stand ich ebenfalls auf und ging an den Lauschposten respektive Guckloch. Teufel, die waren aber flott. Nicht nur das Zimmer drüben war leer, auch der große Tisch in der Mitte war bereits abgeräumt. Das wäre ein Geschenk für meine Frau, am nächsten Hochzeitstag solches Personal im Haus zu haben, da könnte ich mal Eindruck schinden. Na ja, wenigstens mal daran zu denken, das war's doch wert. Die Abteilung in meinem Hirn, die sich großspurig Gedächtnis nennt, vergisst nämlich regelmäßig, mich an diesen wichtigen Tag zu erinnern, und ich kann dann jedes Jahr die Geschichte ausbaden.

Es klopfte einmal kurz an der Tür und schon ging sie auf. Ein Fiasco mit zwei Herren, die mir nicht mehr unbekannt waren, im Schlepp trat ein. Die Flasche stand im Nu auf dem Tisch und die beiden setzten sich in die Sessel.

„Bitte nehmt doch Platz," lud ich sie ein, „kann ich euch was anbieten, vielleicht einen guten römischen Rotwein ?"

Bürstenhaarschnitt grinste, und Roberto schnaufte tief durch.

„Bloß gut, dass diese Abendessen nicht allzu regelmäßig sind," seufzte er, „unter dem Kommando meiner Eltern komme ich mir heute noch vor wie ein junger Kadett."

Ich grinste ebenfalls. Das kannte ich gut. Ich war fünfundfünfzig und hatte bereits vier Enkel, als meine Mutter zu mir sagte : „Sag' schön Grüß Gott zu Tante Ruth."

„Es tut mir leid," begann Roberto, „dass ich mich nur so sporadisch um dich kümmern kann, aber glaub mir, es ist eigentlich ein Wunder, dass ich überhaupt Zeit habe. In dem Zusammenhang ist es direkt einmal positiv, dass wir nicht wissen, was der Staatssekretär morgen von uns will, sonst säßen wir jetzt wahrscheinlich bis spät in die Nacht hinein bei den Vorbereitungen zu diesem Treffen."

Es folgte das unvermeidliche ‚Salute' und es trank jeder erst einmal ein paar Schlucke.

„Sag' mal," fragte ich meinen Cousin, „ich will ja nichts überstürzen, aber wie sollte das denn in Zukunft aussehen, wenn meine Familie dich kennenlernen möchte ? Werden wir dann alle mit Schützenpanzer vom Bahnhof abgeholt ? Oder kannst du dir eine einfachere Möglichkeit vorstellen, nämlich ganz einfach - von mir aus auf Schleichwegen - zu uns zu kommen ?"

Roberto wechselte einen Blick mit seinem Stellvertreter und sah dann wieder zu mir. „Wir beide haben uns darüber schon ein klein wenig unterhalten. Aber," er schüttelte bedauernd den Kopf, „du musst das ganz genauso realistisch sehen wie wir. Vielleicht bietet sich irgendwann in naher oder fernerer Zukunft einmal die Gelegenheit zu einem Familientreffen, aber so wie die Dinge heute liegen, bringe ich ja jeden einzelnen, der als Angehöriger meiner Familie erkannt wird, in Lebensgefahr." Er schüttelte nochmals den Kopf. „Nein, das dürfen wir nicht. Leider auf keinen Fall. Die einzige Möglichkeit, die es für einen Kontakt gibt, kann über euren deutschen Bundesnachrichtendienst laufen, und dann aber auch nur mit einer einzigen Person, also mit dir, nachdem du sowieso schon über mich Bescheid weißt. Solange ich in der Schusslinie stehe, ist alles andere unmöglich."

Ach du liebes Bisschen. Das entsprach ja ganz sicher meinen sehnlichsten Wünschen. Davon habe ich schon immer geträumt, V-Mann von einem Geheimdienst zu sein. „Und dann kommt jedes Mal ein BND-Agent zu mir nach Hause, liefert deine

Grußworte ab und bringt meine Antwort zurück ? Muss ich da auch einen Geheimschrift-Code auswendig lernen ?"

Roberto lächelte müde. „Wir können richtig miteinander telefonieren, aber es läuft stets über den Bundesnachrichtendienst. Auf diese Weise ist es absolut unmöglich für einen Lauscher, weiterzuverfolgen, wohin ich anrufe."

Wir plauderten noch so dies und jenes, er wollte einiges genauer wissen aus meiner Familie, und mir fielen noch einige interessante Fragen zu unserem gemeinsamen Großvater ein, und die Zeit verging schneller, als uns lieb war.

Ziemlich zum Ende des Gesprächs kam Roberto noch einmal auf etwas zurück, das er schon einmal angesprochen hatte, und das ihm offensichtlich tatsächlich auf dem Herzen lag. Er wollte doch tatsächlich meinen Sohn, den, der so hieß wie er, adoptieren. Er ging davon aus, dass ich wohl kaum etwas dagegen haben würde, schließlich bliebe so der Calcaterrasche Besitz in der Familie, also genauer gesagt, in der in seinen Augen näheren Familie, denn bisher war die Erblage so, dass nach seinem Ableben alles Hab und Gut an die Familie der Cousine seiner Mutter gehen würde, da er ja der letzte Calcaterra war ohne einen Nachkommen.

„Erzähl' mir etwas mehr von deinem Roberto," bat er mich, „es ist ja doch ein Wink des Schicksals, dass er genauso heißt wie unser Großvater und ich. Das heißt ja schließlich auch, dass ihr Großvater, auch wenn ihr ihn nicht gekannt habt, mit der Namensgebung geehrt habt."

Na ja, ich widersprach ihm nicht, aber meine Frau hatte bei der Geburt Roberts so gut wie gar nicht meinen unbekannten Großvater im Auge gehabt. Eher war sie damals beeindruckt von einem kubanisch-deutschen Sänger, der diesen Vornamen hatte und noch hat. Aber wie sang schon damals dieser Sänger : Ein bisschen Spaß muss sein, und so ganz ohne war der Gedanke ja nicht, einen Sohn zu opfern für die unangenehme und schwierige Laufbahn als reicher Adeliger.

„Was grinst du so ?" erkundigte sich mein Cousin interessiert.

„Ach nichts," ich winkte ab, „nur so die Vorstellung."

Da hätte mein Sohn nämlich das ideale Wirkungsfeld gefunden, hier in Rom mit so vielen Römerinnen. Zum einen ist er blond, zum andern hat er ganz sicher nicht meine monogame Ader, zum dritten ist er kein so Schwächling wie ich und zum vierten durch und durch ein Charmeur. Hoppla, da fällt mir was auf, letzteres sind alle meine drei Söhne, na, von mir haben sie das nicht.

Ich erzählte ihm also, dass er bis jetzt nicht verheiratet sei, aber einen quirligen kleinen Sohn habe - der nebenbei bemerkt seinen Großvater heiß und innig liebt, aber da wird er schon seinen Grund dafür haben - und zwar einen anderen Beruf erlernt habe, aber sich wohler fühle als Wirt eines kleinen Pubs.

„Nicht verheiratet ?" Im Gegensatz zu meiner Frau schien das meinen römischen Cousin enorm zu erfreuen. „Da gäbe es hier ein paar sehr gute Gelegenheiten." Dann sah er mich ernst an.

„Würdest du also bei einer Adoption mitspielen ?"

Er beugte sich vor. „Eine solche Adoption könnten wir bei euch in Deutschland durchführen, und zwar wiederum mit Hilfe des Bundesnachrichtendienstes auf eine Weise, dass, solange ich lebe, es völlig unbekannt bleibt."

Aha, er denkt an vieles, aber nicht an alles.

„Wir wollen ja hoffen, dass du noch etliche Jährchen lebst. Wenn er dann in vielleicht zwanzig, dreißig Jahren den Palazzo hier übernimmt, ob deine Gelegenheiten bis dahin warten ?" gab ich zu bedenken.

Jetzt winkte er ab. „Das Entscheidende besitzt er ja schon, einen Sohn. Also, wenn wir schon darüber reden, würdest du mitspielen bei der Adoption ?"

Ich tat so, als wäre ich noch mitten im Überlegen, stimmte dann zu und sagte ihm, dass ich mir durchaus vorstellen könne, dass mein Sohn ebenfalls nicht abgeneigt wäre, dem Cousin seines Vaters diesen Gefallen zu tun.

Wie gesagt, er freute sich. Aber nicht lange, denn taktvoll, wie ich von Geburt an bin, schaffte ich es ohne weiteres, das Gespräch auf ein Thema umzulenken, das ihm nicht so angenehm war. Aber offensichtlich war er ähnlich gestrickt wie ich, besaß also so viel Anstand, meine Frage nicht einfach zu ignorieren. Dabei weiß man doch aus Romanen und Fernsehthrillern zur Genüge, dass Militärs und Geheimdienstleute nach außen hin niemals die Wahrheit sagen.

"Sieht eure Tätigkeit tatsächlich so aus," fragte ich neugierig, „dass ihr Mafia-Angehörige liquidiert ?"

Er seufzte. Eigentlich seufzte er ziemlich oft, bevor er auf eine Frage antwortete, so erschien es mir wenigstens. Ich nahm mir vor, daheim mal meine Frau zu fragen, ob ich ebenfalls diese Angewohnheit besäße.

„Ich gehe davon aus, dass alles, was wir hier

herinnen besprechen, unter uns bleibt." Er wartete gar nicht eine Bestätigung von mir ab und fuhr fort. „Unsere Gesellschaft sähe traurig aus, gäbe es unsere Aufgabe nicht. Kein noch so gutes Gesetz, keine noch so tüchtige Polizei hätte es verhindern können, dass die Mafia in allen Bereichen das absolute Sagen hätte. Nebenbei bemerkt, Mafia ist in diesem Zusammenhang nur ein allgemein gültiger Oberbegriff, es gibt ja nicht nur **die** Mafia allein und schlechthin. Ich wiederhole noch einmal das Wort Kriegszustand, denn dieser Begriff entspricht der tatsächlichen Lage ohne jegliche Übertreibung."

Roberto trank einen Schluck, das heißt, er trank natürlich nicht so einfach, sondern kaute den Wein einen Moment, bevor er ihn hinunterschluckte. Obwohl sichtlich keinerlei Gefahr bestand, von Major Bürstenhaarschnitt gemahnt zu werden, schwieg ich trotzdem und redete nicht dazwischen.

„Mit uns Militärs ist das in der Geschichte der Menschheit schon immer so eine Sache gewesen. Ob bei den Ägyptern, den Griechen, den Römern oder in welchem Volk auch immer, der Gesellschaftsteil, der mit den Waffen die größte Macht in den Händen hält, hat sich eigentlich immer in die Politik eingemischt. Nimm Alexander den Großen her, nimm Cäsar oder nimm General Franco in Spanien, immer haben Generäle und Feldherren mit den ihnen untergebenen Soldaten ihre eigene private Meinung in der Politik durchgesetzt. Wie oft sind in dieser Welt Putschversuche von Militärs unternommen worden mit dem Ziel, die - womöglich sogar demokratisch gewählte - Regierung aus dem Amt zu fegen. Wie anders als mit militärischer Gewalt kann sich ein Diktator an der Macht halten ?

Und doch, die Zeiten ändern sich. Militär ist nicht gleich Militär. Während in Afrika und in Asien eine große Zahl von Militärs noch in solchem Denken verharrt, das ohne jeden Zweifel nicht nur undemokratisch ist sondern auch jeglicher gesellschaftlicher Entwicklung großen Schaden zufügt, sehen sich bei uns viele, ich möchte sagen, mit Sicherheit die allermeisten Militärs als einen demokratischen Teil einer demokratischen Gesellschaft.

Wir verstehen unseren Auftrag in der Art, dass wir als bewaffneter Teil der Gesellschaft eben diese zu schützen haben."

Er machte wiederum eine Pause und wir tranken uns alle zu. Der Wein, wie gesagt, ich stehe ja auf Rotwein, also der Wein war schlichtweg fantastisch. Na, zwei oder drei Fläschchen würde mir Roberto ja wohl zum Abschied dann doch mitgeben.

„Beispiele dafür, wie sich das Denken der Militärs geändert hat, gibt es ja deutliche. Ich begnüge mich mit der Aufzählung von zwei weltpolitisch ungeheuer wichtigen Ereignissen, in denen das Militär neue Wege gegangen ist. Wer stürzte in Portugal die Diktatur, schaffte die Grundlage für Frieden und sicherte das Aufblühen einer Demokratie ? Das waren junge, modern denkende Hauptleute, die mehr als ihr Leben riskierten. Und wer verzichtete in den verworrenen Zeiten, als ein nach Alkohol duftender Boris Jelzin Russland regierte, auf ein Eingreifen mit Waffengewalt und auf einen Putsch ? Das waren moderne Militärs, die vielleicht noch nicht ganz nach unseren demokratischen Maßstäben zu beurteilen waren, aber immerhin schon völlig anders dachten als die Sowjetgeneräle vorher."

Grinsend sagte der Major in die nachfolgende Stille hinein : „Na, jetzt stellen Sie doch endlich Ihre Frage noch mal, bis jetzt hat er ja noch nicht darauf geantwortet."

„Unterbrechen Sie doch nicht den Baron," erwiderte ich tadelnd, „lassen Sie ihn doch wenigstens einmal ausreden."

Roberto schenkte uns beiden nach und dann auch sich.

„Ich bin gleich so weit," meinte er ungerührt. „ein letztes Beispiel. In den letzten Jahrzehnten fanden sich in der Politik immer weniger hochrangige Militärs, in Italien ganz genauso wie bei dir in Deutschland. Wohl gibt es noch genügend Politiker, die korrupt sind und sich schmieren lassen, aber Generäle, die legal in der Politik mitmischen, zum Beispiel als Abgeordnete, die kannst du an den Fingern einer einzigen Hand abzählen - und was bringt wohl der Demokratie mehr Unglück ? So, und mit diesem Hintergrund als Basis möchte ich deine Frage beantworten : Mit legalen Mitteln gegen jede Art von Mafia vorzugehen, das funktioniert nur in einem bescheidenen Rahmen. Ich glaube, ihr in Deutschland habt so ein Sprichwort, so in der Art, kleine Diebe werden aufgehängt, die großen laufen davon. Genau das ist der von mir angesprochene Rahmen. Die wirklich Großen, die Drahtzieher der Mafia, die Supermillionäre, die in unermesslich hohen Gewinnraten denken, das sind die, die keiner hält, das sind die, die davonlaufen können. Und warum ? Weil sie alle und jeden kaufen können, vom Abgeordneten bis hin zum Richter. Weil sie immer einen Weg finanzieren können, um aus der Schusslinie der demokratischen Justiz zu entweichen. Und hier sehen wir Militärs eine unserer heutigen, unserer aktuellen modernen Aufgaben. Da wir nicht mehr wie in früheren Zeiten alle paar Jahre in einen sinnlosen Eroberungskrieg verwickelt sind, da wir im Verbund mit anderen Militärstrukturen die Gefahr einer gewaltsamen außenpolitischen Auseinandersetzung so weit minimieren können wie niemals zuvor und da wir nach wie vor die am besten ausgebildete und bewaffnete Organisation in dieser demokratischen Gesellschaft sind, sehen wir uns in der Verantwortung, diese unsere Demokratie in einer Weise zu schützen, die sonst niemand vollziehen kann. Und das," er nickte zu seinem Stellvertreter hinüber, „das kann dir Major Girotti bestätigen. Gegen wen es geht, das entscheidet niemals ein einzelner. Wir führen im Generalstab oft lange Diskussionen, bevor wir uns festlegen. Es geht ganz genauso demokratisch zu wie in einem gewählten Ausschuss, nur mit dem Unterschied, dass wir zum einen disziplinierter arbeiten und zum zweiten keiner von uns geschmiert wird. Die ganz konkrete Antwort auf deine Frage lautet deshalb, ja, wir versuchen, dem Übel Mafia dadurch beizukommen, indem wir die wichtigen Verbindungsleute liquidieren und wenn es irgendwie möglich ist, an die ganz hohen Bosse heranzukommen, dann auch die. Diese wären zwar vorrangig, sind ja aber am schwierigsten zu erreichen. Wenn du uns nicht gleich verurteilst, sondern versuchst, das Problem von unserer Seite, durch unsere Brille zu sehen, dann sage mir danach, was wir mit all unserer modernen Bewaffnung, unserer Ausrüstung, unserer Ausbildung sonst tun könnten, um die Gesellschaft zu schützen vor diesem Unrat."

Diese seine Gedankengänge hatten mich irgendwie beeindruckt, das musste ich schon zugeben. Und doch, war die Situation heutzutage genau so, wie sie in Amerika im vorvorigen Jahrhundert gewesen war ? So extrem, dass man sich damals nicht mehr anders zu helfen wusste und Schwerverbrecher vor die Wahl stellte, entweder lebenslänglich Stein-bruch beziehungsweise aufgehängt werden oder aber mit Polizeistern an der Jacke und Waffe in der Hand mitzuhelfen bei dem Versuch, das Gangstertum auszurotten. Als ich dies Beispiel erwähnte, schüttelte Major Bürstenhaarschnitt energisch den Kopf.

„Das kann man nicht mit heute vergleichen, auf keinen Fall. Jedenfalls nicht mit uns. Polizei und Justiz versuchen ja wohl ähnliches, indem sie Leuten aus den Reihen der Mafia Strafverschonung versprechen, wenn sie kooperationsbereit sind und über Hintergrundmänner auspacken. Wir aber gehen davon aus, dass unsere Gesellschaft vor Schädlingen geschützt werden muss, dass man sie konsequent entfernen muss und nicht umverpacken."

Na, so ganz unbedarft bin ich ja nun doch wieder nicht. Ich war gerade dabei, Robertos Stellungnahme zu erfragen zu all den traurigen Rekorden von Geheimdiensten verschiedenster Länder, Menschen ohne Aufsehen und Gerichtsverhandlung verschwinden zu lassen, da klingelte schon wieder einmal das Telefon. In diesem Haus konnte man vermutlich kein Gespräch, egal welcher Art, zu Ende führen. Roberto lauschte eine Zeit lang, nickte dann vor sich hin und sprach in den Hörer : „Komme sofort." Daraufhin nickte er seinem Stellvertreter zu.

„Ich weiß, worauf du anspielst," sagte er zu mir, während Meister Alessandro aufstand, „aber verwechsle hier nichts. Was du ansprichst, geschieht zu neunundneunzig Prozent in diktatorisch geführten Staaten. Bei uns kontrolliert im Generalstab einer den anderen, und wenn wir ein Erfolgserlebnis verbuchen können, wird dies den zuständigen oberen Polizeistellen sehr wohl mitgeteilt. Bei uns geschieht nichts im Verborgenen, wir sind sehr wohl kontrollierbar."

Dann war ich mal wieder mir selber überlassen. Halt, nein, nicht ganz, denn einer der Herren Butler erschien - selbstverständlich erst nach dezentem und doch unverwechselbar forderndem Klopfen - und erkundigte sich, ob ich einen weiteren Fiasco wünsche und vielleicht noch etwas dazu. Na ja, warum nicht ausnahmsweise ein Gläschen mehr, schließlich hatte ich ja einmal einen Hausarzt, der bei Frage nach dem Alkoholkonsum entschieden Rotwein ausschloss. Bei Rotwein handele es sich nämlich um Medizin. Ja, wenn eventuell Kartoffel-Chips im Hause wären, dann wäre ich nicht abgeneigt, aber bitte nur die Sorte .....

Hier unterbrach mich der Butler mit einem vorwurfsvollen Blick und sagte mit einer Stimme, die mitten drin lag zwischen eisig und freundlich : „Selbstverständlich haben wir die zu Rotwein

passenden Kartoffel-Chips."
Keine drei Minuten später hatte ich genau die
einzige Sorte, die ich so liebe, gesalzen und nicht
so fettig, so wie es sie leider nur noch in Italien und
in England gibt. Bis vor einigen Jahren hatten auch
die Geschäfte in Ungarn solche, aber ....
Ach, das interessiert Sie ja sowieso nicht.
Außerdem wies mich der Butler darauf hin, dass in
einem mit tollem Schnitzwerk versehenen Kasten
ein Fernsehgerät war, das elektrisch auf die Höhe
ausgefahren werden konnte, die einem genehm ist,
und mit dem man auch deutsche Programme
empfangen könne. Ich wies zurück, dass ich sehr
wohl des Italienischen mächtig sei und gerne auch
ein hiesiges Programm in Kauf nehmen würde, aber
er ignorierte dies und stellte mir - woher zum
Teufel konnte er so etwas wissen oder ahnen ? -
den Sender an, der für mich als ehemaligen Lehrer
eindeutig der wichtigste war, brachte er doch bei
jeder Gelegenheit meine Lieblingsserie. Die Serie,
in der die Hauptperson das Vorbild schlechthin für
alle Pädagogen ist. Ein Naturtalent, was die
Kindererziehung betrifft. Ein Genie, was den
Umgang mit Mitmenschen angeht. Jeder Film mit
dieser Hauptperson ist eine Lehrstunde par
excellence für alle, die gern mit Kindern umgehen.
Ich glaube, ich habe jede Folge mit Homer
Simpson so an die dreizehn mal gesehen.
Der Rest des Abends verging also in angenehmer
Atmosphäre.

Der nächste Tag machte allem ein Ende.
Zum zweiten Mal in meinem Leben wurde ich

hautnah und brutal mit einem gnadenlosen Einschnitt in das Leben konfrontiert, vor dem ich, hätte ich es können, so schnell wie möglich und so weit wie möglich davongelaufen wäre.

Zum zweiten Mal in meinem Leben versetzte mir das Schicksal einen gezielt angesetzten Tiefschlag in einem Moment, in dem ich eigentlich am Horizont Glück für meine Familie aufzutauchen erwartete.

Wir frühstückten zu dritt im Salon. Was auf dem Tisch angeboten wurde, war nicht nur überreichlich, es entsprach auch absolut meinem Geschmack. Es könnte sein, dass es Leute gibt, die mich hinter vorgehaltener Hand als heikel bezeichnen, aber hier, alle Wetter, hier hatte ich nichts zu meckern. Roberto ärgerte sich zwar, dass er heute den Staatssekretär hier im Hause empfangen musste, war aber dennoch ziemlich fröhlich und locker.

Als wir mit dem Frühstück fertig waren, bedauerte Roberto, dass ich vorrausichtlich den ganzen Vormittag wieder allein verbringen müsste, fügte aber mit einem schelmischem Lachen hinzu : „Dann schau wenigstens zu, dass du beim Studieren unserer Familienunterlagen einen Vorsprung bekommst."

Es war das letzte Mal, dass ich ihn lachen sah. Es war überhaupt das letzte Mal, dass ich ihn lebend sah.

Major Alessandro Girotti berichtete mir dann mittags in allen Einzelheiten, was am Vormittag passiert war.

Der Staatssekretär war mit seinem Auto in den Hof gefahren, also er nicht selbst, er hatte natürlich einen Chauffeur und zudem in einem zweiten

Wagen vier Leibwächter, wurde an der Tür von Roberto und seinem Stellvertreter begrüßt und hereingebeten.

Zwei Stunden lang ärgerten sich die beiden über das Gelabere des Politikers, das offensichtlich darauf hinauslaufen sollte, den Wunsch der Regierung darzulegen auf Beendigung der Aktivitäten von Robertos Abteilung.

Als weder Roberto noch Alessandro groß darauf reagierten sondern immer wieder darauf hinwiesen, dass nicht sie beide die Alleinentscheidenden seien, vielmehr wäre der gesamte Generalstab der korrekte Ansprechpartner, ließ der Staatssekretär deutlich durchblicken, dass man in der Regierung nur auf ein Fehlverhalten von Seiten des Geheimdienstes warte und dann sowieso jegliche Aktivitäten unterbinden werde.

Roberto, der sichtlich genervt war von diesem Hornochsen, spielte den Arroganten und erklärte klipp und klar, dass er Be-fehle und Anordnungen nur vom Generalstab annehme und dass ihn die Meinung eines nachgeordneten Politikers in keinster Weise interessiere.

Kurz und gut - ich verzichte darauf, Ihnen alle Einzelheiten nachzuerzählen, denn im Großen und Ganzen kommt's ja darauf nicht an - kurz und gut, man trennte sich also nicht un-bedingt in aller Freundschaft. In der Tür verabschiedete man sich und der Hornoch... pardon, der Herr Staatssekretär ging die Stufen in den Hof hinunter. Unten aber drehte er sich um und sagte mit einer Miene, als wenn er etwas Wichtiges vergessen hätte : „Ach ja, Herr Oberst, da wäre ja doch noch etwas."

Roberto machte einen Schritt vorwärts -

Alessandro wusste nicht, wollte er höflich sein ? - und stand damit vor der Tür auf der obersten Stufe. Im nächsten Moment, man hörte nichts, der Schuss musste also aus einem Gewehr mit Zielfernrohr gekommen sein, im nächsten Moment riss es ihn nach hinten, er taumelte und brach zusammen. Wer immer der Schütze gewesen war, er war kein Anfänger, er hatte meinen Cousin genau mitten zwischen die Augen getroffen, ein absolut tödlicher Schuss.

Der Staatssekretär starrte ein paar Sekunden in das blutverschmierte Gesicht und machte dann, dass er davonkam. Dass die jungen Männer, die Leibwächter meines Cousins, das Einzige machten, was man in dieser Situation noch tun konnte - sie schätzten blitzschnell ein, aus welcher Richtung, von welchem Gebäude, von welchem Fenster der Schuss wohl gekommen sein musste und stürmten mit ihren Uzis in den Händen los - das spielte für das Leben Robertos natürlich keine Rolle mehr.

Er lag auf der Couch in dem Zimmer des Arztes, ruhig und friedlich, so, als ob er nur schlafe. Aber statt der Brille war mitten zwischen den Augen ein kleines, kreisrundes, blutgerändertes Loch. Mein Cousin, der aussah wie ich, war tot. Mein Spiegelbild. Mein Ebenbild. Es kam mir vor, als betrachtete ich meine eigene Leiche. Mir wurde im Kopf so komisch, irgendwie begann sich plötzlich mein Hirn in einer Wolke zu befinden.

Ich stürzte in das wunderschöne Marmorbad, das gleich nebenan war, erreichte mit Müh und Not die Kloschüssel und übergab mich mit einer Heftigkeit, dass mir die Brille davonflog. Wellenartige

Zuckungen überfielen meinen Magen und der gab das fröhlich an mich weiter. Ich hatte das Gefühl, wenn ich noch zwei, drei solche Zuckungen durchmachen müsste, dann würde ich sterben.

Bist du blöd, sagte mein Verstand traurig, was nimmst du dich so wichtig ? Sterben ? **Du** lebst doch, Weichei, kannst du nicht einfach fertig kotzen und dich dann zusammenreißen ?

Ich richtete mich langsam auf, spülte zweimal hintereinander am WC und ging dann zum Waschbecken. Selbstverständlich war alles da, frische Becher, noch nicht geöffnete Mundspülung und so weiter. So gründlich es ging, spülte ich den Mund aus, gurgelte dreimal hinterher und wusch mir das Gesicht mit eiskaltem Wasser. Bevor ich das Bad verließ, horchte ich ein wenig nach innen, aber mir war nur noch flau zumute, mein Magen hatte sich offenbar ausgetobt genug.

Mit ein paar prüfenden Blicken kontrollierte ich, ob mein T-Shirt nichts abbekommen habe und verließ das Bad. Im Gang stand der Doktor, fragte besorgt, ob alles in Ordnung sei mit mir, ließ mir aber freundlicherweise gar keine Zeit zum Jammern und teilte mir mit, dass der Major die nächste Stunde schwer beschäftigt sei, ich möchte doch in meinem Zimmer, dem Besucherzimmer, auf ihn warten.

Das tat ich. Im Raum war ich die Ruhe selbst. Ich setzte mich in einen Sessel, um meine Gedanken etwas zu gliedern, stand aber gleich wieder auf und öffnete das Fenster, da etwas frische Luft meinem Hirn nicht schaden konnte. Ich setzte mich hin und stand wieder auf, um das Fenster zu schließen, da ja die Klimaanlage eingeschaltet war. Dann ließ ich den Fernseher hochfahren und zappte zwei Minuten durch fünfunddreißig Programme. Als ich den Kasten daraufhin wieder ausschaltete und einen der wunderschönen alten Schränke öffnete, um etwas zu finden, das ich gar nicht suchte, klopfte es in gewohnter Weise an der Tür und einer der Butler stellte mir ein Tablett auf den Tisch. Ausnahmsweise hatte ich einmal auf meine Lieblings-Kartoffelchips keinen Appetit, aber ein Gläschen Rotwein war nun ganz sicher nicht verkehrt zur Stärkung des Kreislaufes, und auch mein Magen setzte dem nichts entgegen. Irgendwie schien mein Verstand ausgerechnet jetzt eine Art Winterschlaf zu halten, ich schaffte es nicht, mich auf irgendetwas zu konzentrieren. Quälend langsam verging die Zeit und ich ertappte mich dabei, dass ich es schaffte, innerhalb einer Viertelstunde zwanzigmal auf die Uhr zu schauen, was überhaupt nicht nötig war, denn die vornehme, mit Intarsien verzierte Standuhr schlug ganz dezent sowieso alle fünfzehn Minuten.

Eigenartig, bisher war mir noch nie aufgefallen, dass das Klopfen an einer Tür eine eigene Philosophie innehat. Offenbar hat jeder Mensch seine besondere Art zu klopfen, wie schon von den Herren Butlers erwähnt. Unwillkürlich erinnerte ich mich an eine Kriminal-Geschichte von Chestertons *Pater Brown*, der in seinem Zimmer den Klang der verschiedenen Schritte hört, daraus seine Schlüsse zieht und so einen Diebstahl aufklärt. Als es nämlich endlich an meiner Tür klopfte, wusste ich schon vor dem Öffnen, dass draußen endlich der Major stand.

Wirkt es beruhigend zu sehen, dass der Tod einen anderen Menschen, mit dem man weder verwandt noch befreundet ist, ganz genau so nahe geht, wie einem selbst ? Ich bin mir heute noch nicht im Klaren darüber, aber ich glaube, ich fühlte damals so. Zumindest kommt man sich in solch einem Moment nicht mehr ganz so hilf- und ziellos vor. Major Girotti sah nämlich ebenso aus wie wahrscheinlich ich, so, als ob er vor kurzem alle bisherigen Mahlzeiten wieder von sich gegeben und danach eine hektische Stunde hinter sich gebracht hätte.

Wir sahen uns kurz stumm an, dann ließ er sich in einen Sessel fallen, wartete, bis ich ebenfalls saß und legte los.

„Aus einem Grund, den Sie in drei Minuten verstehen werden, möchte ich Sie über alles informieren, was in Zusammenhang mit dem Tod Ihres Cousins steht," sagte er mit belegter Stimme und sah mir - mir kam der Blick gehetzt und verzweifelt vor - in die Augen. „Über alles, ohne Einschränkung. Den Mörder haben unsere Leute leider nicht erwischt, das war sicher ein Profi, ein einziger Schuss und dann verschwand er sofort. Aber uns ist der, der den Schuss überhaupt ermöglichte, ja mindestens genau so wichtig, und den kennen wir ja genau."

„Der Staatssekretär," warf ich ein. Der Major nickte.

„Ja, der Staatssekretär. Der Baron hätte nun zu Ihnen gesagt : Hab' ich nicht recht gehabt, als ich meinte, dass die Mafia ihre guten Beziehungen bis hinein in die höchsten politischen Kreise hat ? Ja, dieser Staatssekretär, der sich sofort aus dem Staub gemacht hat."

„Er wird natürlich," erwiderte ich, „er wird natürlich sagen, er hätte keine andere Wahl gehabt, weil er ebenfalls um sein Leben gefürchtet hätte."

„So ist es," bestätigte der Major (komisch, mir war plötzlich absolut zuwider, ihn weiterhin als Bürstenhaarschnitt zu sehen und zu titulieren), „ganz genau das wird seine Begründung sein. Na ja, es eilt jetzt nicht, wir werden uns schon irgendwann mit ihm befassen können. Für mich war selbstverständlich vorrangig, dem General Bescheid zu geben. Und nun sähe die Situation für uns folgendermaßen aus, ich betone *sähe*, wenn wir nicht noch eine zweite Möglichkeit hätten : Wenn bekannt werden würde, dass der Leiter dieser Abteilung erschossen worden ist - mit bekannt werden meine ich nicht die Medien und die Bevölkerung hierzulande, denn die wissen im Allgemeinen nichts von unserem Wirken, zumindest wohl kaum von der Identität des Oberst - wenn das also bei gewissen Kreisen in der höheren Politik bekannt wird, dann hat Berlusconi den Trumpf in der Hand, dann wird unsere Arbeit so eingegrenzt und behindert, dass wir wirkungslos sind. Alles, für das Ihr Cousin gelebt und gekämpft hat, würde wertlos geworden sein."

Er sah mich eindringlich an. „Ihr Cousin wäre ab nun nichts anderes als seine Frau und sein Kind : Mordopfer."

Sein Gesichtsausdruck veränderte sich etwas, so in die Richtung Hoffnung. „Nun haben wir aber eine zweite Möglichkeit. Eine völlig unerwartete, aber ungeheuer wirkungsvolle Möglichkeit, von der die andere Seite nicht das kleinste Bisschen weiß oder auch nur ahnt."

„Moment," ich schüttelte den Kopf, „haben Sie da nicht einen Denkfehler in Ihren Ausführungen ? Die, die Sie mit andere Seite bezeichnen, die wissen es doch vermutlich schon, dafür wird doch der Staatssekretär gesorgt haben. Oder meinen Sie nicht ?"

Ein leichtes Lächeln überflog das Gesicht des Majors. „Ja, natürlich hat der Mistkerl, so schnell er nur konnte, mit seinem Erfolg geprahlt," nickte er, „das war sicher das Erste, was er machte, als er von hier wegfuhr. Zwei oder drei wichtige Personen aus Politik oder von der Mafia haben ganz sicher seinen Anruf erhalten, kaum dass er hundert Meter von hier weg war. Aber das spielt keine Rolle, überhaupt keine Rolle, wenn Sie die zweite Möglichkeit genehmigen."

„Ich ?" fragte ich erstaunt nach einer kurzen Denkpause. „Ich ? Was soll ich denn genehmigen ? Ich bin doch nicht Ihr Vorgesetzter, ich bin noch nicht mal Mitglied Ihres Vereins."

Er beugte sich vor und fasste mich am Arm. „Können Sie sich ausmalen, was geschieht, wenn die andere Seite feststellt, dass der Baron eindeutig noch am Leben ist ? Können Sie sich die Panik vorstellen, die den Dreckskerl von Staatssekretär erfasst, wenn der Baron beim nächsten Treffen neben ihm steht und ihn anredet ? Können Sie ermessen, was für Möglichkeiten sich uns eröffnen, wenn die ganz hohen Mafia-Bosse unsicher werden, weil ihr schlimmster Gegner offensichtlich unverwundbar ist ?"

Sein Gesicht wurde rot vor Eifer. „Und spüren Sie nicht, dass Ihr Cousin dies von Ihnen erwarten würde ? Wobei Sie - nebenbei gesagt - damit nicht nur unser Werk retten würden, sondern uns auch die Möglichkeit in die Hand geben, Ihren Cousin zu rächen. Regt sich da als Mann kein

Bedürfnis dazu in Ihnen ?"

Er ließ sich wieder in seinen Sessel zurückfallen. „Auf meinen Vorschlag hin möchte ich Sie im Auftrag des Generals darum bitten, auf eine gewisse Zeit die Identität Ihres Cousins anzunehmen, auf eine Zeit, die es uns ermöglicht, weiter zu kämpfen und der Mafia empfindliche Schläge zu versetzen. Selbstverständlich nicht für immer, das ist doch klar, dass Sie zu Ihrer Familie zurückkehren müssen, aber schon ein Zeitraum von drei oder vier Wochen würde genügen, um eindeutig zu demonstrieren : Der Baron lebt. Der oberste Mafia-Jäger agiert weiter. Er ist völlig unverwundet, munter und gefährlich wie eh und je. Nur - nach diesen zwei oder drei Wochen, wenn auch der Letzte unserer Gegner weiß, dass der Baron lebt, wird er nicht mehr in der Öffentlichkeit auftreten und sich ganz hier im Haus vergraben. Sein Stellvertreter, also ich - so lautet die Planung des Generals - sein Stellvertreter wird die Mittlerperson nach draußen sein. Sie verstehen, das heißt also, ich werde unsere Abteilung weiter führen, dem Namen nach aber nur Befehle des Barons ausführen. Und ab diesem Moment wird der Baron wirklich und wahrhaftig unverwundbar sein."

Jetzt beugte er sich nochmals vor und nahm mich wiederum am Arm. „Sagen Sie ja, geben Sie uns die Chance !"

Nun war sein Blick fast flehentlich, etwas unpassend für einen Militär. „Sie können nicht nein sagen, Sie können Ihren eigenen Cousin nicht im Stich lassen !"

Ich muss sagen, ich war ziemlich ergriffen. Was hier von mir erwartet wurde, stand mir jetzt klar vor

Augen. Es ging nicht nur darum, dass es mein Cousin war, der erschossen worden war, nein, es ging schon um mehr. Um viel mehr. Eigentlich um so viel, dass es schäbig und ehrlos wäre, nicht ja zu sagen.

„He, Dorftrottel," meldete sich mein Verstand, „denk' doch gefälligst erst einmal nach, bevor du zustimmst ! Was ist denn, wenn du ebenfalls erschossen wirst ?"

Verdammt noch mal, das war aber ein Argument ! Das saß ! Falls es mich nämlich auch erwischen würde, dann wären auf irgendeinem römischen Friedhof zwei absolut identische Leichen, und kein Doktor und kein Leichenbeschauer würde sagen können, wer wer ist.

Dieser Spaß war das Risiko wert, also sagte ich ja.

Obwohl er sichtlich aufatmete, sagte der Major : „Ich habe es nicht anders von Ihnen erwartet. Und dann wollen wir mal - ich kenne diese deutsche Redewendung von einem deutschen Kollegen - dann wollen wir mal gleich Nägel mit Köpfen machen. Sie sind ab sofort der Baron Roberto de Calcaterra, Oberst des militärischen Geheimdienstes und als solcher Leiter der Abteilung, die zuständig ist für die Liquidierung der zur Zeit schlimmsten Gegner unseres Volkes, allgemein bekannt als Mafia. Ich hoffe, Sie genehmigen mir, Sie nach wie vor mit Baron anzusprechen ?"

Diese Frage war offensichtlich nur als Feststellung gedacht, denn er wollte gleich weiterreden, besann sich aber sofort, als er merkte, dass ich etwas sagen wollte. Schließlich war er ja als Major einen, nein - ich bitte um Entschuldigung, aber ich habe keinerlei eigene militärische Erfahrung - also zwei Ränge unter Oberst.

„Ein Problem gälte es schon als allererstes zu bewältigen," gab ich zu bedenken, „wenn ich zwei oder drei Wochen hier bleibe, wird sich meine Frau Gedanken machen. Ich meine, ich kann ihr ja nicht gut am Telefon erklären, was los ist, und wenn ich nichts sage, dann fragt sie sich natürlich, was mich hier so lange festhält. Und außerdem soll ich ja hier im Haus mein Handy gar nicht benützen ?"

Major Girotti winkte ab. „Wir lassen uns etwas einfallen. Und natürlich kann man aus dem Haus heraus ohne Gefahr telefonieren, wir haben da einen speziellen Raum im Keller dafür. Wie gesagt, wir lassen uns etwas einfallen, spätestens morgen oder übermorgen ist dieses erste Problem aus der Welt. Und bitte sagen Sie in Zukunft Alessandro zu mir, so hielt es auch..., nein, nein, so haben Sie es doch immer gehalten, Baron."

Endlich grinste er mal wieder.

Dafür war mir noch ein Problemchen eingefallen.

„Und was ist," fragte ich, „wenn seine, hmhm, meine, also wenn die alten Calcaterras zum Abendessen befehlen ? Meinen Sie, dass ich bei den beiden auch nur eine kleine Chance habe zu bestehen ?"

Scheinbar malte er sich das aus, denn er sah mich etwas erschrocken an. Dann winkte er ab. „Dieses Risiko müssen wir eingehen. Eigentlich ist innerhalb der nächsten beiden Wochen kaum zu erwarten, dass es dazu kommt, denn diese Abendessen sind für gewöhnlich nur einmal im Monat. Aber wenn doch - dann müssen wir es auf uns zukommen lassen."

Konnte es anders sein ? In diesem Haus war es nicht möglich, ein Gespräch richtig zu Ende zu führen, ohne dass das Telefon dazwischenfunkte. Alessandro erhob sich, nahm das Gerät und stellte, nachdem er auf das Display gesehen hatte, auf Mithören.

Eine Stimme, die sicher einem Mann gehörte, aber irgendwie ein paar Töne zu hoch war, erkundigte sich : „Und, wie ist die Lage, Major ?"

Dieser erwartete offenbar gar keine weitere Ansprache, denn er antwortete sofort : „Alles in Ordnung, General, der Oberst wird selbstverständlich weiterarbeiten wie bisher."

Er deckte mit der Hand den unteren Teil, wo das Mikrofon ein-gebaut ist, ab, sah mich bedeutungsvoll an und flüsterte : „Der General !"

Da wäre ich jetzt von selbst nicht draufgekommen, eine solide Information ist nun mal nach wie vor unersetzlich. Ich nickte also, und er lauschte noch kurz in das Telefon, legte dann auf und wandte sich wieder an mich : „In einer halben Stunde ist der General hier zur Besprechung."

Nun war es an mir, zu erschrecken. Besprechung mit dem General, das, so wurde mir mit einem Schlag bewusst, das bedeutete ja für mich den tatsächlichen Eintritt in diesen Krieg. In diesen Krieg, in dem es wirklich und wahrhaftig um Leben und Tod ging, das hatte ich ja selbst erst vor einer Stunde deutlich vor Augen geführt bekommen. Kam da dann auf mich zu, dass ich Beteiligter wurde, dass ich sogar als ‚Oberst de Calcaterra' Liquidierungen von Mafia-Angehörigen befehle ?

„Sie sehen das immer noch nicht im richtigen Licht," der Major schüttelte energisch den Kopf. „Niemand, nicht der tüchtigste Staatsanwalt, nicht der beste Commisario, nicht der aufrechteste Richter, absolut niemand kommt mit legalen Mitteln gegen dieses Mafia-Gebilde an, das unendlich weiter verzweigt ist und unendlich mächtiger ist, als sich jeder ehrliche Demokrat vorstellen kann. Sie können in Ihrem Blumengarten nicht darauf warten, dass sich - weiß der Himmel wie - die schönen Pflanzen gegen das Unkraut durchsetzen, nein, der Gärtner, der das Unkraut ausreißt, schafft am ehesten ein ordentliches Beet. Ja, ich weiß, das ist ein albernes Beispiel, unsere Gesellschaft besteht aus Menschen, aus denkenden Menschen, aber es ist so und nicht anders : Kein Gesetz, kein demokratisch geführtes Unterfangen kommt heutzutage gegen ein Unternehmen an, das riesige Geldreserven besitzt, mit Erpressung und Nötigung arbeitet, Kinder entführen lässt, Menschen mit Drogen ins Elend stürzt und und und und ....."

Er hatte sich so in Rage geredet, dass er Pause machen und tief durchschnaufen musste.

Ich wollte nun diese Diskussion auch nicht weiterführen, denn zum einen hatte ich ja nun einmal zugesagt, die Rolle meines Cousins zu übernehmen, und in dieser konnte ich ja wohl auf keinen Fall denken wie der biedere Volksschullehrer, der ich die meiste Zeit meines Lebens gewesen war. Zum andern hing ganz hinten in einem Hinterstübchen meines Hirns die Hoffnung, dass es ja gar nicht innerhalb der nächsten zwei, drei Wochen dazu kommen musste, dass ich mit irgendwelchen Liquidierungsangelegenheiten zu tun haben würde. Selig sind die im Geist Bescheidenen, denn ihrer ist das Himmelreich. Nicht im Mindesten ahnte ich zu diesem Zeitpunkt, dass ich noch am selben Tage selbst einen Menschen töten würde. Mein Verstand war bei dieser Angelegenheit aus dem Schneider, der hatte mich ja gewarnt.

Der General war ein in meinen Augen erstaunlicher Mann. Zum einen schon rein optisch und akustisch. Er war nämlich der kleinste von uns dreien und zudem mit einer Stimme gesegnet, die ihm garantiert verwehrte, in einem Chor Bass zu singen. Zum andern spürte man schnell - hatte man sich mit der hohen Stimme abgefunden - dass man hier einem Menschen gegenübersaß, mit dem man im rein Denkerischen nicht mithalten konnte. Ich weiß schon, niemand hält sich selbst für dumm, am allerwenigsten die, die einen wirklich wegen ihrer Dummheit nerven, also fällt es auch den meisten Menschen furchtbar schwer, einen höheren Intelligenzquotienten beim Nächsten zu akzeptieren. Ich kann nicht behaupten, dass mir der General auf Anhieb sympathisch war, aber seine Bildung, seine fast hypnotisch wirkende Rhetorik und seine mehr als überzeugende Argumentation beeindruckten mich nachhaltig. Meine Frau beschwert sich oft genug über meine umständliche Redeweise, also falls Sie die vorangegangenen Sätze nicht so ganz klar und verständlich fanden, kann ich's auch kurz und knapp sagen : Der Mann war mir geistig über.
Mehr als das. Mühelos gelang es ihm, den Cousin vom Lande in die Obersten-Uniform zu stecken, ihn davon zu überzeugen, dass er gar keine andere Wahl habe als die getroffene, dass der Einzelne niemals das Recht habe, ein für die gesamte

Gesellschaft lebenswichtiges Unternehmen an die Wand zu fahren und dergleichen mehr. Dabei versprach er sich kein einziges Mal, er redete mich stets mit Oberst oder Baron an.

Am Schluss der Unterredung sah er mich lächelnd an. „Und glauben Sie nicht, Baron, dass Sie faulenzen können. Schon heute Nachmittag," er sah auf seine Uhr, „genau in zwei Stunden findet hier im Haus das zweite Treffen mit Staatssekretär Bagliattoni statt."

Nun wurde sein Lächeln maliziös und sein Gesicht gleichzeitig hart. „Noch glaubt er daran, dass er uns bei diesem Treffen den Garaus machen wird. Sie, Baron, werden ihn eines Besseren belehren."

Wie treffend die Worte des Generals waren, ahnte er trotz seiner Intelligenz nicht. Ich machte nämlich genau dies. Bloß, ob dem Herrn Staatssekretär solche Belehrung etwas nutzte ? Ich fürchte , ich habe dabei übertrieben, und in diesem Leben konnte er nun deswegen keine Konsequenzen mehr ziehen aus der Belehrung. Ich weiß nicht, welcher Teufel mich dabei geritten hat. Von all meinen Bekannten dürfte mich wohl kein einziger als den geborenen Entertainer bezeichnen, aber ich hatte da so einen Einfall, mit dem ich es dem Mistkerl heimzahlen wollte, immerhin war er nicht ganz unbeteiligt daran gewesen am Mord an meinem Cousin.

Der Major und ich hatten besprochen, dass ich mich zunächst nicht blicken lassen sollte. Alessandro wollte den Staatssekretär empfangen und in das Besprechungszimmer geleiten. Ich sollte erst etwas später dazukommen, damit er das geplante ‚Garaus

Machen' noch voll auskosten könnte, um dann bei meinem Erscheinen umso mehr zu erschrecken.

Wie gesagt, müsste ich mein täglich Brot als Alleinunterhalter verdienen, dann wäre meine Familie schon lange verhungert. Schauspielerisches Talent in meinem Blut zu suchen wäre eine langweilige und recht erfolglose Arbeit. Einzig Effekte zu setzen, das bringe ich manchmal zustande. Und so auch hier. Das schaffe ich. Hier sogar mit einem Höchstmaß an Erfolg. Zumindest der Gevatter mit der Sense und dem Stundenglas dürfte es so gesehen haben.

Bevor ich nämlich in das Besprechungszimmer ging, machte ich noch einen kleinen Abstecher in das schöne marmorne Bad. Nein, diesmal nicht, um noch einmal zu ....

Nein, ich suchte nach etwas, das eigentlich für Damen bestimmt ist. Und tatsächlich, in einer der kristallen glitzernden Ablagen fand ich einen Lippenstift, selbstverständlich noch neu und unbenutzt, in der passenden dunkelroten Farbe. Damit stellte ich mich - mit neunundfünfzig Jahren noch so kindisch ! - vor den Spiegel und malte mir einen dicken, kreisroten Punkt zwischen die Augen, ungefähr da, wo bei Roberto das Einschussloch gewesen war. Ich besah mich von allen (Spiegel-)Seiten und war recht zufrieden. Falls Sie Fachmann sind und jetzt den Mund verziehen - ich bin eben keiner. Mir kam diese kleine Verschönerung ganz gelungen vor. Und sie wirkte auch.

Der Staatssekretär war sich seiner Sache offenbar so sicher, dass er sich gar nicht erst hingesetzt hatte. Er und der Major standen mitten im Raum. Ich verstand nicht, was gesprochen wurde, es war mir eigentlich auch egal, jedenfalls sah mich Alessandro als erster und sagte laut : „Ah, da kommt ja der Oberst."

Als sich der Staatssekretär umdrehte, sah ich noch für einen kurzen Augenblick sein blödes, zufriedenes, überhebliches Grinsen.

Mit solchen Gefühlen ins Jenseits zu gehen, muss doch angenehm sein, oder ? Aber eigentlich, um ehrlich zu sein, ging er ja nicht ganz mit diesem Gefühl, denn als er mich auf sich zukommen sah, huschte ein Anzeichen von Entsetzen über sein Gesicht. Er krächzte noch schnell irgendetwas, das keiner verstand, griff ans Herz und fiel in sich zusammen.

Ich wusste sofort in mir ganz sicher, dass es keinen Sinn mehr hatte, den Arzt zu rufen, denn dieser würde ganz bestimmt nur mehr den Totenschein ausstellen können. Fragen Sie mich nicht, woher ich das wusste, ich kann es selber nicht sagen. Auch Alessandro reagierte zunächst nicht, sondern starrte mich für einen Moment ebenso entsetzt an wie der Staatssekretär. Bloß langte er sich nicht ans Herz und blieb lebendig und munter.

„Ein wirkungsvoller Gag," meinte er dann, „eigentlich hätte es gar nicht so geeilt mit dem Herrn, aber warum nicht," er zuckte mit den Schultern. „Sie sind der Chef, Baron."

Als wir eine Viertelstunde danach zusammensaßen, also nur Alessandro und ich, der Staatssekretär war in das Zimmer des Doktors transportiert worden, da hatte ich ein ziemlich schlechtes Gewissen. Der

Major sah es mir an.

„Sie brauchen sich doch keine Vorwürfe machen," versuchte er mich zu beruhigen, „was glauben Sie denn, warum er den Löffel bei Ihrem Anblick abgegeben hat. Weil ihn ihr roter Punkt auf dem Hirn so erschreckt hat ? Nebenbei bemerkt, Sie könnten ihn jetzt wegwischen, er hat seine Wirkung getan."

Wer Kinder hat, hat auch immer Taschentücher. Mit diesem Spruch nerve ich regelmäßig meine Tochter, wenn sie ein solches braucht für eines ihrer Kinder, dabei hab ich nur deswegen stets welche in der Hosentasche, weil der Zinken in der Mitte meines Gesichtes nie ohne auskommt. Ich zog also eines heraus und säuberte meine Stirn.

„Ich hatte ja nicht vor, ihn damit so zu erschrecken, dass er gleich tot umfällt." Eine blöde Aussage. Außerdem, ich musste mich doch vor niemandem verteidigen.

Alessandro nickte mit dem Kopf, als ob er diesen Satz ernsthaft akzeptieren würde. „Worte können töten wie ein Revolver, aber sicher nicht dann, wenn das Gewissen rein ist. Nein, jegliche Vorwürfe sind überflüssig. Nun hat es ihn schnell erwischt, was macht das für einen Unterschied, heute oder in einem halben Jahr ? Er wird, nein, er wurde von der anderen Seite bezahlt, und vor allem war er aktiv beteiligt an einem Mord. Also, was gäbe es für Sie zu rechtfertigen ?"

„Was heißt, was macht das für einen Unterschied ?" Mein Gewissen war noch nicht ganz beruhigt. „Was ist denn, wenn Sie wegen seines frühen Todes nichts mehr herausbringen über seine Verbindungen zur Mafia ? Wenn durch seinen Tod nichts mehr zu erfahren ist über die Hintermänner ?"

„Ach, das meinen Sie, Baron!" Irgendwie war es komisch, so angeredet zu werden und irgendwie hatte ich mich schon daran gewöhnt. Der Major lachte leise. „Da machen Sie sich mal keine Sorgen. Unsere Funküberwachung hat alle drei Telefonate, die der Staatssekretär geführt hatte, als er heute Vormittag von hier übereilt wegfuhr, aufgezeichnet. Wir wissen genau, mit wem er telefoniert hat."

Nun wurde seine Stimme sehr hart. „Der erste Angerufene ist für uns tabu. Da handelt es sich um den Sekretär eines Politikers, mit dem wir uns nicht befassen können. Außerhalb unserer Reichweite. Aber die beiden anderen gehören unseren Erkenntnissen nach höheren Strukturen der Mafia an, alle beide angesehene Geschäftsleute, selbstverständlich ohne Vorstrafenregister. Diese beiden werden als Antwort auf den Versuch, Sie zu ermorden, Baron, liquidiert. Ich würde vorschlagen, möglichst bald. Gleichzeitig schicken wir Kopien der abgehörten Telefonate an den Politiker, an den wir nicht ran können. Er wird dann Bescheid wissen."

Ich hatte noch einen Punkt gefunden, der geklärt werden musste. „Aber jetzt, wo der Staatssekretär so schnell verstorben ist, da hatte er ja gar keine Gelegenheit mehr zu berichten, dass das Attentat auf meinen Cousin, sagen wir mal, daneben gegangen ist. Und das ist doch aber für die Zukunft entscheidend."

„Ganz richtig," nickte Alessandro, „ganz richtig. Für unsere Zukunft ist entscheidend, dass der Gegner davon ausgeht, es hier mit dem Oberst de Calcaterra zu tun zu haben. Aber der Leiter dieser

Abteilung soll ja auch noch nicht jetzt und heute sich hier im Haus vergraben. Die nächsten zwei Wochen wird Sie noch manch wichtige Person der Gegenseite sehen, hören, erleben."

Er beugte sich ein wenig vor und nahm das Telefon.

„Zum Beispiel wird es sowieso allmählich Zeit, dass Sie Herrn Berlusconi anrufen und ihm vom Ableben des Staatssekretärs Bagliattoni berichten."

„Was," fragte ich bestürzt, „den italienischen Ministerpräsidenten ?"

Der Major schien mir etwas amüsiert zu sein. „Ja, natürlich," antwortete er, „wen denn sonst ? Der Staatssekretär gehörte zu seinem engsten Vertrautenkreis, also kann man nicht irgend einem subalternen Beamten Bescheid geben. Und genauso wenig kann ich diesen Anruf tätigen, denn Sie sind hier der Chef, Herr Oberst."

In was hatte ich mich da eingelassen ? Woher sollte ich, zum Teufel noch mal, woher sollte ich eine Ahnung haben, wie man mit einem der Großen dieser Welt redet ? Lachen Sie nicht, ich weiß schon, bei dem Namen Berlusconi denken Sie nur an Sex-Skandale, aber trotzdem oder vielleicht sogar gerade deswegen ist er ja einer der großen Politiker auf dieser unserer Erde.

„Sie reden so, wie Sie immer reden," war die lakonische Antwort von Alessandro. „Sie reden sowieso ganz genauso wie Ihr Cousin, also wo sollte da das Problem sein ? Dass Sie in irgendeinem Vorzimmer hängen bleiben, das wird nicht passieren, denn selbstverständlich hat der Generalstab eine eigene Leitung zum Ministerpräsidenten. Und medizinische Auskünfte wird Berlusconi nicht von Ihnen verlangen, berichten Sie ihm nur, dass Ihr Gesprächspartner während der Unterredung einen Herzinfarkt erlitten hat."

Er grinste. „Von Ihrer Malerei mit dem schönen Titel ‚Der Kandidat hat einen Punkt' erzählen Sie ihm natürlich nichts."

„Der war ja auch nur für den Staatssekretär gedacht," erwiderte ich. „Aber das Wort Herzinfarkt bringt mich auf einen Gedanken : Man liest so was ja in Romanen, Geheimdienste bringen ja angeblich manchmal Leute um mit einem Gift, das wie ein Herzinfarkt wirkt und sich nachher nicht mehr feststellen lässt. Wenn uns nun jemand so was vorwirft oder unterstellt ?"

Alessandro lächelte etwas belustigt. „Es gibt nichts, was es nicht gibt. Ein bekannter Wissenschaftler hat einmal gesagt, alles, was man sich vorstellen kann, das kann es auch irgendwann einmal geben. Im Mittelalter hätte man mich als Hexer gefoltert und hingerichtet, wenn ich die Funktionsweise eines heutigen Handys beschrieben hätte. Selbstverständlich existieren solche Gifte, und selbstverständlich wird irgendjemand auf die Idee kommen, zu vermuten, dass wir den Herrn Staatssekretär auf solche Weise aus dem Weg geräumt haben, also ich meine, jemand von der Gegenseite. Aber das ist dann für uns nur von Nutzen. Es lässt sich dieser Vorwurf - käme er denn - nicht beweisen, aber er bringt den Nutzen, dass die Gegenseite uns dann umso mehr fürchtet."

Er klopfte mir auf die Schulter und setzte hinzu : „Machen Sie sich keine Gedanken von wegen reden mit einem Großen dieser Welt. Silvio Berlusconi kann sehr unangenehm werden, aber nur bei zwei Gruppen von Menschen : Zum einen gegenüber Untergebenen, und zum andern gegenüber Mitarbeitern oder Freunden, die etwas verpatzt haben. Zwei anderen Arten von Menschen gegenüber versprüht er gekonnten Charme : Zum einen gegenüber allen Frauen, solange sie weder alt noch hässlich sind, und zum andern gegenüber Leuten, von denen er weiß, dass sie als seine Gegner ihm gefährlich werden können. Letztere beeindruckt er stets mit seinem Charisma, denn solches besitzt er unleugbar, und also wird er Ihnen gegenüber als dem obersten Mafia-Jäger die Umgänglichkeit und Freundlichkeit in Person sein, darauf können Sie sich verlassen."

Und so war's tatsächlich. Unser kurzes Gespräch hat sich in meinem Hirn eingebrannt.
Man hatte Berlusconi offensichtlich gesagt, wer da am Telefon war, denn er begrüßte mich mit den Worten : „Ah, Baron, mein Freund, wie schön, wieder einmal etwas von Ihnen zu hören. Wobei ich eingestehen muss, dass ich doch etwas verwundert bin. Eigentlich müsste doch Bagliattoni bei Ihnen sein, und gerade erst vor zwei Stunden hat er mir von einem bedauerlichen Todesfall berichtet. Ich meine sogar, dass er erwähnt hat, dass er selbst Augenzeuge war. Sollte er sich da so geirrt haben ?"
Komisch, man malt sich solche Situationen doch immer so aus, dass man vor Aufregung und Nervosität zu stottern beginnt oder einfach nicht mehr weiß, was man sagen soll, schließlich redet unsereins doch nicht alle Tage mit jemandem, den man nur aus Zeitung und Fernsehen kennt. Aber so

war es nicht. Überhaupt nicht. Vermutlich hatte der römische Rotwein nicht nur einen ausgezeichneten Geschmack, sondern ölte auch die Gehirnwindungen, die sonst potentielle Stolpersteine darstellten auf dem Weg vom Sprachzentrum des Gehirns bis zur Zunge. Berlusconis Stimme war noch nicht ganz verklungen, da war mir völlig klar, wie ich zu antworten hatte.

„Zu meinem Bedauern muss ich Ihnen mitteilen," sagte ich kalt, „dass Staatssekretär Bagliattoni durchaus recht hatte. Mit beiden Aussagen. Es gab hier einen Todesfall, und Bagliattoni ist Augenzeuge, allerdings zu seinem Unglück noch etwas mehr." Dann sagte ich nichts mehr und spielte den Ball gemeiner Weise zurück zu Berlusconi.

Drei Sekunden schwiegen wir beide.

„Ich verstehe," meinte er danach und seine Stimme blieb freundlich und warm, so, als ob er sich mit dem besten Freund unterhielt, „das erklärt, warum Sie mich anrufen zu einer Zeit, in der eigentlich Bagliattoni das große Wort führen sollte in Ihrem Haus." Dumm war er also ganz sicher nicht, und ebenso ganz sicher nicht schlecht informiert. „Darf ich Sie, lieber Baron, darum bitten, mir Näheres zu berichten ?"

Ich versuchte, meiner Stimme ebenfalls einen wärmeren Klang zu geben. „Irgendetwas hat den Staatssekretär während unserer Unterredung so aufgeregt, dass er zusammenbrach. Unser Doktor konnte nichts mehr für ihn tun, ein schwerer Herzinfarkt."

Weitere drei Sekunden war es still in der Leitung,

dann beendete Berlusconi das Gespräch mit den Worten : „Ich bin Ihnen sehr verbunden, mein lieber Baron, dass Sie mich persönlich angerufen haben."

Ich hatte kaum aufgelegt, da nickte Alessandro, der natürlich mitgehört hatte, mit dem Kopf. „Nichts anderes hätte Ihr Cousin gesagt. Das wäre also erledigt."

„Begnügt er sich mit dem Klang meiner Stimme ?" fragte ich neugierig. „Nimmt er das telefonisch so hin ?"

Alessandro nickte wiederum. „Selbstverständlich. Diese Leitung ist eine ganz spezielle für den Dialog zwischen Regierungschef und Generalstab. Berlusconi weiß ganz genau, dass über diesen Anschluss auf keinen Fall ein Kasperltheater veranstaltet wird. Nein, er weiß jetzt ganz sicher, dass der Leiter dieser Abteilung lebt und dass mit ihm auch in Zukunft zu rechnen sein wird."

Dann grinste er. „Ein bisschen wird es ihm natürlich schon Kopfzerbrechen bereiten, aus welchem Grund der Staatssekretär vom Tod des Oberst berichtet hat, obwohl es offensichtlich nicht wahr ist. Dummerweise kann er ihn ja nicht mehr zu sich einbestellen und fragen." Er wurde wieder ernst. „Noch was Wichtiges, was Internes. Sie haben die sechs jungen Leute, die für Ihre Sicherheit zuständig sind, ja bereits kennen gelernt. Ich möchte Sie noch namentlich mit Ihnen bekannt machen, denn die nächsten Wochen haben Sie ja doch hautnah mit ihnen zu tun."

Er ging zur Tür und bellte einen kurzen Befehl hinaus. Daraufhin traten die sechs jungen Männer ein, mit denen ich schon zu Beginn Bekanntschaft geschlossen hatte.

„Das sind sechs von unseren zehn Besten," erklärte er mir und nickte ihnen kurz zu, „alle sechs Leutnants. Es genügt, wenn Sie sie mit dem Vornamen ansprechen. Paolo," er zeigte auf den ersten und danach auf alle weiteren, „Giovanni, Frederico, Antonio, Mario und Luigi. Neben dem Doktor und dem General die einzigen, die wissen, was mit Ihrem Cousin wirklich passiert ist."
Ich gab jedem die Hand und murmelte dabei seinen Namen, um mir zum richtigen Gesicht den richtigen Namen zu merken.
„Eigentlich ziemlich viele," sagte ich zu Alessandro und fügte, als ich seine fragende Miene sah, hinzu : „Ich meine nicht Leibwächter, sondern ziemlich viele Mitwisser."
„Keine Gefahr," winkte er ab und lachte, „ganz sicher keine Gefahr. Wer hier in diesem Haus arbeitet, der gehört für immer und ewig zu uns. Sie können jedem Einzelnen absolut vertrauen."

Der nächste Tag war Sonntag. Also ich bin ja als Rentner in der glücklichen Lage, dass für mich kein Unterschied mehr ist zwischen einem Werk- und einem Sonntag. Instinktiv erwartete ich hier im katholischen Italien irgendwie trotzdem eine Art Sonntagsruhe. Aber ich hätte mir denken können, dass so etwas in diesem Haus nicht gilt. Alessandro saß wie selbstverständlich mit mir am Frühstückstisch - wohnte der Kerl eigentlich auch hier im Haus, da musste ich doch mal bei Gelegenheit fragen - und unterhielt sich mit mir. Ah ja, ich vergaß zu erwähnen, dass ich mit ihm ausgemacht hatte, dass ich nicht mit eingebunden werden würde in etwaige Besprechungen im

Generalstab und dergleichen. Das hatte er mir zugesichert und gemeint, es wäre nur in einem dringenden Notfall nötig.

„Ich sehe," meinte er und wies auf das Ding, das in gewisser Weise etwas Verwandtschaft hatte zu einer Semmel aus meiner Heimat und das ich gerade mit Marmelade bestrich, „ich sehe, dass ihr zwei Cousins die gleiche Vorliebe für diesen Frühstücksbelag habt. Stört es Sie, wenn ich über etwas Religiöses rede ?"

Ich wollte auf keinen Fall mit meiner Antwort inkompetent wirken, also überlegte ich einen Moment, wo der Zusammenhang lag zwischen Religion und Erdbeermarmelade und entschied mich dann zu dem kurzen Satz : „Nein, nein, stört mich nicht." Mein Verstand, der eigentlich sonst beim Frühstücken - besonders dann, wenn es schmeckt - mich in Ruhe lässt, versuchte dabei schnell noch, mir ein schlechtes Gewissen einzureden. Gehörte es sich womöglich bei einem Geheimdienst, dass man vor der Mahlzeit ein Tischgebet sprach ?

Alessandro aß sein mit Wurst belegtes semmelähnliches Ding in aller Ruhe auf, schenkte sich Kaffee nach und lehnte sich dann zurück.

„Mich würde interessieren," fragte er, „ob Sie religiös ein-gestellt sind. Sind Sie gläubig ?"

Ach herrje, mein Lieblingsthema. Das bei einem Gespräch ins Spiel zu bringen bedeutet zu riskieren, dass ich ziemlich lange und ausgiebig darauf herumreite. Es gibt nicht viel, was mich im grundsätzlichen Leben so ärgert wie Dummheit, Heuchelei und bodenlose Unlogik. Obwohl ich gleichzeitig eingestehen muss, dass es schade ist, dass der liebe, alte Herr, zu dem so viele beten, nur eine Märchenfigur ist, nur ein Strohhalm, von dem die Menschen glauben, dass sie ihn brauchen, da es - und das ist menschlich wirklich verständlich - da es einfacher ist, alles auf seinen Willen, der geschehen soll, zu schieben statt sich selbst ins Zeug zu legen um für das Gute einzustehen. Denn gäbe es ihn, dann würde ich mich darauf freuen, ihm dereinst gegenüberzutreten. Die alte Geschichte halt, von wegen Elend und Not auf dieser Welt und aktuell muss ich dazufügen jede Art von Krieg und Morden. Denn dass das so kommen wird, hat er ja schon bei der Schöpfung gewusst und also eingeplant. Das also würde ich gerne mit ihm ausdiskutieren. Vermutlich würde er mich dann wegen schwerster Beleidigung verklagen, aber ...

Alessandro winkte lachend ab, als ich ansetzte, ihm das zu erklären. „Ich kenne diese Argumentation zur Genüge. Scheint ein Lieblingsthema aller Nachkommen des Calcaterraschen Großvaters zu sein. Es geht um etwas ganz Anderes. In einer halben Stunde beginnt ein Gottesdienst, der von einem regionalen Sender in Rom übertragen wird. Schauen Sie sich den mit mir an?"

Jetzt war ich verblüfft. Er musste doch schon verstanden haben, wie meine Einstellung zum Thema Religion ist, nachdem er ja sogar bestätigte, dass mein Cousin nicht anders gedacht hatte. Und dann sollte ich mich hinsetzen und einen ganzen Gottesdienst ansehen?

„Doch, doch," beharrte er, „es wäre schon sehr wichtig. Ich weiß leider nicht im Vorhinein, wann der für uns interessante Moment kommen wird, also müssen wir die Übertragung von Anfang an anschauen."

Was blieb mir anderes übrig. Und mit der sonntäglichen Bergwanderung wurde ja heute sowieso nichts, dafür war ich heute ja doch zu weit von Kranzhorn, Pendling und Hochries entfernt. Also dann katholische Kirche. Warum nicht.

Ich kann nicht beurteilen, ob hier in Rom mehr Pomp getrieben wurde bei der Messe, denn außer bei Schulgottesdiensten habe ich ja so was nicht erlebt. Sagen Sie ja nicht, das widerspricht sich, nichts für Religion übrig zu haben und dann doch bei Schulgottesdiensten mitzumarschieren. Für Lehrer war als Aufsichtspersonen der Kirchenbesuch Pflicht. Es war sogar so ulkig, ich erinnere mich gern an einen Kollegen, dessen Sohn in meiner Klasse war, der Vater als Lehrer **musste** mit in die Kirche, da er eben als Lehrer Aufsicht zu führen hatte, und der Sohn **durfte** nicht mit, da er der evangelischen Minderheit angehörte. Zurück zum Thema Pomp, also mir kam es ziemlich aufwendig vor.

Plötzlich beugte sich Alessandro zu mir herüber, stupste mich am Arm und sagte : „Der, der jetzt zum Pult neben dem Altar vorgeht ! Sehen Sie den ? Das ist unser Mann !"

Aha, ich war im Bilde. Das kannte ich noch von den Schulgottesdiensten, dass jemand, der selbst kein Geistlicher war, irgendetwas Passendes vorlas. Und das hatte der Mann im Fernseher offensichtlich auch vor. Aber was meinte Alessandro mit ‚unser Mann' ? Eine Lesung mit Geheimdiensttexten ?

„Schauen Sie sich ihn genau an !" zischte er. „Untadeliger Bürger, erfolgreicher Geschäftsmann, gern gesehener Gast in höheren Kreisen und bei

Wohlfahrts-Veranstaltungen. Und vor allem : Er nahm den zweiten Anruf des Staatssekretärs entgegen !"

Ich sah genauer hin. Ja, tadelloser Anzug, würdevoller Schritt, und als die Kamera etwas näher hinfuhr, war auch ein huldvoll lächelndes Gesicht zu erkennen.

„Ach, ich verstehe," sagte ich nicht besonders interessiert, „nach außen ein Wohltäter der Menschheit, brav und fromm, und in Wirklichkeit ein Strippenzieher der Mafia." Na ja, dachte ich mir, auch bei so jemandem hätte ich kaum erwartet, dass er mit einer Gangster-Visage durch die Welt und hier speziell durch die Kirche laufen würde. Warum nur sollte ich mir solch einen Typen im Fernsehen anschauen ?

Was dann kam, brauch' ich Ihnen eigentlich nicht groß zu erzählen. Die Bilder gingen ja rund um die Welt, und Sie werden's ja wohl auch gesehen haben. Es sei denn, Sie schauen keine Nachrichten.

Der Geschniegelte trat hinter das Pult, verharrte einen Moment wie in kurzem Gebet, sah bedeutsam mit ernster Miene auf die Reihen der Gläubigen und begann mit seiner Lesung. Ich kann auch heute noch nicht sagen, von was er redete, welches Thema er sich vorgenommen hatte, denn ich hörte eigentlich nur mit halbem Ohr zu. Schon im zweiten oder dritten Satz fuhr ein Ruck durch ihn, er hörte auf zu lesen und starrte mit aufgerissenen Augen nach vorn. Dass zwischen seinen Augen ein roter Punkt erschienen war, von dem aus es rot auf die Nase tröpfelte, sahen sicher nur die Menschen in den vordersten Bänken. Dass er dann vornüber mitsamt dem Pult die vier Stufen, die er erhöht gestanden hatte, hinunterfiel, das sah später ja die ganze Welt, denn inzwischen hatte die Kamera auf ihn geschwenkt.

„Was zum Teu..." war alles, was ich sagen konnte, denn im gleichen Moment begriff ich.

„Ja," meinte Alessandro gleichmütig und schaltete den Fernseher aus, „das war unsere Antwort. Das war die Antwort, die in der Führungsriege der Mafia verstanden wird."

Ich schob meine Brille nach oben, die wie meist in einer Aufregung die blöde Angewohnheit hat, nach unten zu rutschen, und stotterte, also zumindest hatte ich das Gefühl zu stottern : „Aber in der Kirche ?"

„Aber in der Kirche ?" Alessandro lachte hart. „Was heißt, aber in der Kirche ? Jemand wird erschossen. Was spielt es für eine Rolle wo ? Meinen Sie, dass in anderen Kriegen Rücksicht genommen wird auf ein Kinderheim, auf ein Krankenhaus, auf eine Senioren-Pflegestation ?" Er lachte noch einmal so trocken. „Soll man vorher den Befehl geben, ein Leben ist nur auszulöschen auf einem Schlachthof ? Wir hatten vor, unsere Antwort mit größtmöglicher Effektivität zu platzieren, und das ist uns doch gelungen, oder ? Wir haben hiermit den zuständigen Herren in der Mafia signalisiert, wie wir antworten auf einen Schlag von ihnen, und gleichzeitig deutlich gemacht, dass sie nirgends, wirklich nirgends vor uns sicher sind."

Ich schwieg. Ich war da in eine Geschichte hineingeraten, die ganz sicher nicht meine Kragenweite war. Eine Geschichte, in der es für ein schlichtes Gemüt schon etwas schwierig war, eine

Beurteilung vorzunehmen. Ich meine, ich bin mein Leben lang recht gutgläubig gewesen, habe ziemlich oft dafür zahlen müssen und sehe selbstverständlich die organisierte Kriminalität mit der gleichen Angst wie Otto Normalverbraucher. Aber plötzlich in einem Krieg gegen die Mafia so nahe Beteiligter zu sein, das war schon ....

Nein, ich schob diese Philosophiererei weg. Man kann nicht zuerst blauäugig zusagen, dass man mitmacht, und danach, wenn man direkt vor Augen geführt bekommt, was passiert, jammern. Was sagen die Seelenklempner immer zu ihren Kunden ? Positiv denken ! Ja, genau, positiv denken. Das versuchte ich in diesem Moment. Zudem - wenn ich ehrlich mit mir selber war - hatte ich überhaupt keine Berechtigung, den Moralapostel zu spielen, so würde es auf alle Fälle mal der Herr Staatssekretär sehen, wenn er noch sehen könnte.

Ich nickte also und wiederholte so ungefähr seine Worte. „Also effektiv ist diese Art von liquidieren ganz sicher. Wirklich effektiv platziert. Und wie geht es weiter ? "

„Gut, dass Sie daran denken," auch Alessandro nickte mit dem Kopf, „wir dürfen uns natürlich jetzt nicht viel Zeit lassen. Auch der zweite Angerufene muss so schnell wie möglich erreicht werden. Nicht, dass er sich unsichtbar macht, wenn er aus den bisherigen Todesfällen seine Schlussfolgerungen zieht."

„Und das bedeutet ?" wollte ich wissen.

„Das bedeutet, dass es heute noch geschehen muss. Und außerdem wäre es sehr von Vorteil für uns, wenn man Sie dabei sieht, Baron."

Ah ja - ich musste so ungeschickt schlucken, dass

ich das Gefühl bekam, es würde eine harte kleine Kugel ganz langsam die Speiseröhre hinunterrutschen - ah ja, das konnte ich mir lebhaft vorstellen. Meine Wenigkeit klingelt an der Haustür, schießt den Hausherren über den Haufen und bittet dann einen vorbeikommenden Passanten, er möge doch so lieb sein und von mir und meinem Opfer ein Bild für die Zeitung machen, Kamera hätte ich dabei.

„Nicht, was Sie denken," grinste Alessandro, „wir bringen Sie schon nicht in Schwierigkeiten. Aber an dem Ort, wo es passieren soll, da wäre es doch ganz gut, wenn man Sie vorher sähe. Das wäre eine gute Gelegenheit, um zu demonstrieren, dass der Baron putzmunter ist."

Weil er merkte, dass mir noch nicht ganz klar war, auf welche Weise man mich ‚dabei' sehen sollte, fügte er hinzu : „Einer unserer Mitarbeiter überprüft gerade, ob der bewusste Herr heute Abend für ein Theater oder eine Oper Karten hat reservieren lassen. Es handelt sich bei ihm nämlich um einen - ob kunstbewusst, kann ich nicht beurteilen, auf alle Fälle sieht man ihn sehr oft bei solchen Veranstaltungen - es handelt sich also um einen eifrigen Theater- und Opernbesucher. Es wäre so durchaus möglich, ihn heute Abend in dieser Szene treffen zu können, und das meinte ich, dass Sie sich als Baron Calcaterra dort auch öffentlich zeigen könnten."

Und so saß ich am Abend in einem der schönsten Häuser Roms. Mit dieser kurzen Lob-Beschreibung meine ich die Innenausstattung. Und wenn ich gedacht hatte, so eine Liquidierungsangelegenheit - von mir aus Kriegsgeschehen, um mit Alessandros Worten zu sprechen - wenn ich also gedacht hatte, der Schauplatz Kirche wäre nicht mehr zu toppen, dann von wegen und. Nicht dass ich der Kirche besondere Sympathien entgegenbringe, nein gewiss nicht, meiner Meinung nach sind alle Ideologien nichts als Unglücksbringer für die Menschheit, aber auch wenn man etwas ablehnt, respektiert man ja zumindest die Tatsache, dass es anderen Mitmenschen erlaubt ist, ihre eigene Meinung dazu zu haben.

Gut und geschickt formuliert, nickte mein Verstand anerkennend, und wo soll das Ganze hin ? Schon wieder eine Diskussion über Sinn und Unsinn des Glaubens ?

Also kurz und gut : Der Schauplatz Opernhaus war noch dramatischer. Allerdings war diesmal das Fernsehen nicht am Ort, und so wird mir es niemand verübeln, dass ich das Geschehen etwas ausführlicher schildere.

Aufgeführt wurde eine dieser zur Zeit so beliebten Kinder-Opern, die zu neunundneunzig Prozent gekonnte und gelungene Unterfangen sind. Zahlreichen Plakaten im Eingangsbereich war zu entnehmen, dass es sich heute Abend um eine Wohltätigkeitsveranstaltung zu Gunsten von Kindern in Not handelte, ausgerichtet von einer dieser Organisationen, der meist hohe Tiere und betuchte Mitmenschen angehören, und die es rund um den Globus gibt. Zudem waren sehr viele Plätze mit Kindern besetzt. Klar, sagen Sie, logisch waren Kinder da, daher der Begriff Kinderoper. Aber meine Feststellung zielte auf etwas anderes : Sollte der

95

zweite Hinrichtungstermin hier vor Kindern durchgeführt werden ?

Äußerst beunruhigt rutschte ich auf meinem Stuhl hin und her, und das war gewiss nicht leicht, denn auf diesem teuren Stoff klebte man fest wie auf einem Klettverschluss.

Nein, ich muss mich berichtigen, äußerst beunruhigt stimmte nicht im Mindesten. Ich saß in einer eigenen Loge mit tollem Blick über die ganze Szenerie, aber ich schwitzte Blut und Wasser. Ein Besuch beim Zahnarzt bedeutet für mich jedes Mal einen Gang danach zur Dusche, aber jetzt und hier schwitzte ich noch einmal das Doppelte.

Aus anderen Logen grüßten die verschiedensten Leute - alle sichtlich recht wohlbetucht - mit Kopfnicken oder sogar leichtem Handheben zu mir herüber und ich grüßte in eben der gleichen Weise zurück. Mit anderen Worten, gesehen wurde ich von vielen. Manche der Grüßenden lächelten dabei, aber einige verzogen dabei keine Miene. Wenn ich es mir heute ehrlich überlege, glaube ich mir sicher zu sein, dass wohl auch welche dabei waren, die dem Baron de Calcaterra nicht viel Sympathien entgegenbrachten.

Und wenn mich heute jemand fragt, wie die Oper war, wie sie hieß, ob gelungen inszeniert oder was weiß ich sonst, ich kann mich an nichts erinnern. Ich habe die ganze Zeit im Zuschauerraum herumgesehen und die Kinder beobachtet. Als ob ich sie irgendwie bewahren könnte davor, Zeugen einer Hinrichtung zu werden. Dass dies ein sinnloses Unterfangen war, war mir klar, und doch konnte ich nicht anders. Ich war klatschnass vor lauter Angstschweiß. Ach ja, doch, etwas weiß ich noch von dieser Kinderoper. Es muss etwas Modernes gewesen sein, denn es wurde viel mit Scheinwerfern und Lichtblitzen gearbeitet. Jedes Mal, wenn so ein grelles Licht durch den Saal zuckte, riss es mich nach vorn in der Angst, jetzt könnte ein Schuss gefallen sein.

Doch bis zum Schluss passierte nichts, gar nichts. War vielleicht der bewusste Herr gar nicht gekommen ? Mit meinem letzten trockenen Taschentuch wischte ich mir ein letztes Mal das Gesicht ab. Dabei registrierte ich, dass alles sitzen blieb. Die Darsteller hatten sich bereits vier-, fünfmal auf der Bühne gezeigt und sich für den Beifall bedankt und blieben nun in einem Halbkreis stehen. Ein Bühnenarbeiter stellte in die Mitte ein Stativ mit Mikrofon, eine junge Frau, der man auf Anhieb die Künstlerin ansah, stellte sich davor und hielt eine kleine Rede. Natürlich, ja, es war doch eine Art Wohltätigkeits-Veranstaltung, und nun wurde denen gedankt, die durch ihre finanzielle Unterstützung das Ganze wohl erst ermöglicht hatten. Und dies waren drei Herren, die nacheinander nach vorn gebeten wurden.

Und all meine Angst vorher war überflüssig gewesen, umsonst hatte ich meine Kleidung klatschnass geschwitzt - ich hätte in aller Ruhe die Aufführung verfolgen und genießen können.

Erinnern Sie sich, dass ich bemerkte, die Geschichte in der Kirche würde noch getoppt werden ? Bis jetzt haben Sie sich ja wahrscheinlich beim Lesen gefragt, wie das in aller Welt denn nur geschehen könnte, nachdem eben nichts geschah.

Doch doch, es war schon so. Lesen Sie mal den nächsten Satz etwas langsamer und denken Sie voll mit : Die Hinrichtung erfolgte unter dem brausenden Gelächter der Kinder.

Wollen Sie den Satz noch einmal lesen oder stimmen Sie mir gleich zu, dass das mehr als makaber klingt ?

Als der erste Herr, ein kleiner rundlicher - ganz genau konnte man das Gesicht bei den jetzt wieder aufblitzenden Lichteffekten nicht sehen, aber er schien recht humorvoll zu sein - also der erste hüpfte zur Freude der Kinder auf einem Bein bis zu der jungen Dame und winkte dabei dem Publikum zu. Erste Lachsalven.

Der zweite bekam noch vor der Bühne von einem der Darsteller einen bunten Hut aufgesetzt und mit dem marschierte er zackig bis zur Rednerin. Als er ihr die Hand geschüttelt hatte, verbeugte er sich ein paar Mal in Richtung Kinder und dabei fiel jedes Mal der Hut vom Kopf. Nächster Lachausbruch.

Der dritte schien der zu sein, der das meiste Geld gespendet hatte, denn die bunten Lichtblitze nahmen an Intensität zu. Er winkte ein-, zweimal zu den Kindern und ging dann auf die Künstlerin zu. Ungefähr zwei Meter vor der jungen Dame wackelte er einmal kurz mit dem Kopf, ging etwas langsamer weiter und wurde bei jedem Schritt etwas kleiner. So wie ein Riese, der plötzlich Zwerg spielen will. Unter dem tobenden Gelächter der Kinder lag er dann der Dame zu Füßen, offensichtlich wollte er ihr die Schuhe abküssen. Noch lustiger war es für das Publikum, dass er sich trotz gutem Zureden weigerte, wieder aufzustehen. Der fallende Vorhang sorgte dann dafür, dass allmählich Ruhe einkehrte, und obwohl noch vereinzelt geklatscht wurde, machte er es dem letzten der drei Herren nach, er hob sich nicht mehr.

Ein sehr zufriedener Major Alessandro saß mir am nächsten Morgen beim Frühstück gegenüber. Er schenkte sich bereits zum dritten Male Kaffee nach und aß auch mit erstaunlichem Appetit. Na ja, der meine war merkwürdigerweise auch in keiner Weise beeinträchtigt.

„Damit hätten wir alles, was es im Moment zu dieser Angelegenheit zu erledigen gibt, erledigt," meinte er mit leicht nickendem Kopf zwischen zwei Schlucken, „und auch der Dritte hat spätestens morgen Vormittag die Kopien der Telefonate auf seinem Schreibtisch und wird sich von da ab nicht mehr allzu sicher fühlen. Er weiß zwar," Alessandro zuckte mit den Achseln, „er weiß zwar, dass wir ihm nicht direkt ans Leder können, aber so ganz wohl wird ihm vor-läufig nicht in seiner Haut sein. Also alles soweit möglich erledigt."

Er machte eine kurze Pause und sah mich an. „Oder fällt Ihnen etwas ein oder auf ?"

„Ja nun," antwortete ich, „gesehen haben mich ja gestern wohl genug Leute. Da wird nun niemand einen Zweifel daran haben, dass der Baron de Calcaterra noch lebt. Mit anderen Worten, wer in der Mafia das Sagen hat, weiß also, dass der Mordversuch daneben gegangen ist, denn an einen Schuss-Erfolg mit anschließender Wiederauferstehung wird niemand glauben. Nachdem aber nun genau diese beiden, mit denen der Staatssekretär telefoniert hatte, eliminiert wurden, meinen Sie nicht, dass daraufhin jemand auf der Gegenseite auf die Idee kommen könnte, dieser Mordversuch wäre verraten worden oder dass jemand innerhalb der höheren Mafia-Struktur ein Spitzel ist ? Das dürfte ja dann dort erhebliches Rumoren bedeuten, denn wenn man eine undichte Stelle vermutet, dann bedeutet ja stets Misstrauen." Alessandro starrte mich kurz an, dann lachte er kurz laut auf.

„Wollen Sie nicht doch bei den Besprechungen im Generalstab mitmachen ?" fragte er.

„Wieso ?" gab ich erstaunt zurück.

„Na, Sie haben jetzt nichts anderes angesprochen als wir gestern auch durchdiskutiert haben." Er trank seine Tasse leer und lehnte sich zurück. „Jawohl, so wird es unweigerlich sein. Die wichtigen Leute in der Mafia werden sich fragen, wie es möglich ist, dass der Baron noch am Leben ist. Sie werden darüber nachgrübeln, warum der Staatssekretär in seinen Telefonaten so stolz und sicher vom Erfolg berichtete. Das passt nicht zusammen mit Ihrer Anwesenheit in der Oper, das wird ihnen arges Kopfzerbrechen bereiten. Dann wird man sich den Schützen vornehmen, aber der kann auch nur von einem Erfolg berichten. Schließlich und endlich kann man nur zu dem Schluss kommen, dass wir gewarnt waren, geschauspielert haben und so den Staatssekretär und die beiden anderen ausschalten konnten."

Er nickte fröhlich und zeigte mit dem Zeigefinger auf mich. „Und genauso, wie Sie es gesagt haben, wird es geschehen. Misstrauen wird aufkommen. In der Mafia wird jeder Befehlsweg durchgecheckt, denn irgendwo hofft man ja die undichte Stelle zu finden. Und das wird uns vielleicht hier und da eine Möglichkeit geben, an einen der Herren heran-zukommen. Und eine solche Möglichkeit werden wir nutzen."

Er nickte ein weiteres Mal mit dem Kopf. „Beim Feind Misstrauen säen zu können ist schon fast so wie eine gewonnene Schlacht. Wenn Sie sonst noch etwas zu sagen haben, nur heraus damit. Gute Vorschläge sind immer willkommen, und schlechte," er lachte, „schlechte haben den Vorteil, dass sie einen zum Denken bringen können."

Wie lässt Altmeister Goethe jemanden so schön sagen : Ich habe ach zwei Seelen in meiner Brust. Schon verloren gegen mich ! Ich erhöhe auf drei. Zum einen wäre es eigentlich jetzt ein guter Zeitpunkt, aus dieser Geschichte auszusteigen und nach Hause zu fahren, zum zweiten aber fühlte ich mich noch meinem Cousin verpflichtet, und zum dritten war ich neugierig geworden, wie wohl alles weitergehen würde. Ich begnügte mich aber dann doch mit einem vorsichtigen Ansprechen des ersten Teiles.

„Doch, doch, das verstehe ich," meinte Alessandro, „und Sie haben meinem Gefühl nach auch Recht, jetzt wäre schon ein günstiger Zeitpunkt für einen Absprung. Wir haben zwar geplant, Sie noch zwei-, dreimal vorzuführen, aber," er überlegte eine kleine Weile, „wenn wir eine Veranstaltung nehmen, die nicht allzu öffentlich ist, also ich meine so mit Medienrummel, aber doch so, dass wichtige Leute da sind, dann ...." Er sah mich auffordernd an. „Ja, da hätte ich was. Aber Sie müssten natürlich in Uniform erscheinen."

„In Uniform erscheinen," wiederholte ich, „das heißt dann ja wohl auch, dass ich den Mund aufmachen muss, wenn ich zur Sache gefragt werde. Haben Sie da keine Bedenken ?"

Er grinste mal wieder. „Wie schön Sie das formulieren, zur Sache gefragt werden, aber genau das wird dort nicht passieren. Heute und morgen Abend sind hier in Rom die monatlichen Gesellschafts-Treffs fällig, da war der Baron früher öfters mit seiner Frau. Da werden so Allgemein-Themen durchdiskutiert und jeder kann sich zwanglos beteiligen, also spezielle Statements werden Sie keine abgeben müssen. Zum Thema Umwelt oder Wirtschaftskrise oder was auch immer aus unserem täglichen Leben, na, da können Sie doch locker mitreden."

„Aber aus welchem Grund soll ich dann in Uniform erscheinen ?"

„Ja richtig, Sie werden ja davon noch nie gehört haben. Dort erscheint man ganz zwanglos, wer immer will - vorausgesetzt, man gehört der besseren Gesellschaft an - aber stets korrekt gekleidet, also der Herr Vize-Präfekt kommt in Polizei-Uniform, jemand aus dem Vatikan in Bischofs- oder gar Kardinalsrobe. Leute aus der High-Society oder Wirtschaft mindestens in Anzug und Abendkleid. Hier ist kein Fußvolk zu finden. Am ehesten könnte man diese Treffs," er überlegte kurz, „also am ehesten könnte man diese Treffs vergleichen mit den Treffen von Rotariern oder dem Lions-Club."

Geh hin, drängte mein Verstand, bring's hinter dich und dann kannst du heim fahren. Lass' es bleiben, widersprach mein Bauch, du und Uniform. Hampelmann !

Das war ein Fehler. Kennen Sie mich inzwischen gut genug, um zu verstehen, was ich meine ? Hampelmann ? Das lasse ich mir von niemandem gefallen.

Am selben Abend noch fand ich mich also in einer frisch gebügelten und gesteiften Parade-Uniform zwischen einer anständigen Anzahl an ebenso aufgetakelten Mitmenschen wieder, mit anständig meine ich, dass es mehr waren als ich erwartet gehabt hätte.

Einen langen Bericht über diese Blabla-Gesellschaft spare ich mir und **er**spare ich damit Ihnen. Allein zwei Vorkommnisse sind es wert, erwähnt zu werden. Zwei der Anwesenden übermittelten mir zu verschiedenen Zeiten ihre völlig verschiedenen Meinungen über mich. Schon hübsch zu Beginn eilte ein höherer Angestellter der Kirche - ich konnte an seiner Uniform nicht im Mindesten einen Rang ablesen - auf mich zu, nahm meine beiden Hände zwischen seine Hände und schaute mich mit seinen zugegeben klugen Augen eine Zeit lang an. Dann sagte er, wobei er lächelte : „Lieber Baron, ich bekam gestern einen Anruf von unserem gemeinsamen Bekannten Staatssekretär Bagliattoni. Stellen Sie sich vor, er bestellte eine Messe für Sie. Mir ist jetzt schleierhaft, was er mit einem solch schlechten Scherz beabsichtigte. Was bin ich froh, Sie gesund und munter zu sehen." Er schüttelte lächelnd den Kopf. „Nein, solche Scherze gehen zu weit. Ich war gestern wie vor den Kopf geschlagen. Da kann ich unserem Herrgott nur danke sagen, dass ich Sie so lebendig wie eh und je vorfinde." Bei den letzten Worten drückte er noch einmal fest meine Hände, verabschiedete sich und wandte sich einem Paar zu, das gerade herein kam. Die zweite, etwas andere Meinung kam von einem jungen eleganten Schnösel, der sich lebhaft und laut an den verschiedensten Gesprächen beteiligte und mir mit all seinem Schmuck schon ziemlich unsympathisch war. Männer mit Ringen an fast jedem Finger, na, das behagt mir nicht, aber natürlich sprach ich solches nicht laut aus. Ich bemerkte, dass er ab und zu zu mir herüber sah, ohne allerdings zu grüßen oder auch nur eine Miene zu verziehen. Als er aber am Schluss der Veranstaltung an mir vorbei kam und mir direkt gegenüberstand, sah er mich hasserfüllt an, hob kurz seine rechte Hand und zeigte mir seinen Stinkefinger. Ich lächelte ihn an und starrte ihm ohne ein einziges Mal zu blinzeln solange direkt in die Augen, bis er sich abwandte und weiter ging. Da hatte ich vermutlich zu guter Letzt noch einmal kurz Kontakt mit der Gegenseite bekommen, na ja, mir hat's nicht geschadet und um das ‚Fortleben' des Oberst de Calcaterra zu demonstrieren, war dies ja genau richtig. Zudem war ich stolz auf meine Reaktion, mein Cousin hätte es vermutlich nicht anders gemacht.

Soweit also diese für mich letzte Veranstaltung in diesem Theater. Und jetzt wäre dann also meine Heimreise an der Tagesordnung.

Major Alessandro war sehr zufrieden mit mir und legte mir dar, wie die Heimfahrt vor sich gehen würde.

„Ich brauche Ihnen das eigentlich nicht groß und breit zu erklären," sagte er, „ in zweierlei Hinsicht heißt es vorsichtig sein. Zum einen darf auf keinen Fall Ihre Familie gefährdet werden, also müssen wir Sie zu einem völlig anderen Punkt in Italien bringen, von wo aus Sie dann wie jeder x-beliebige Tourist am Bahnhof in den Zug steigen und nach Hause fahren. Zum andern darf niemand den Baron von hier wegfahren und dann nicht mehr zurückkehren sehen. Nun," er lächelte, „beides ist nicht schwierig. Ich finde es nur schade, dass dies dann ein endgültiger Abschied sein wird. Wenn ich Sie richtig verstanden habe, wollen Sie niemals von uns kontaktiert werden, oder ?"

Ich schüttelte energisch den Kopf.

Alessandro seufzte. „Klar, mit jedem Mal würden Sie wieder riskieren, dass ...." Er winkte ab. „Können wir uns ja schenken. Wir gehen also folgendermaßen vor : Wir starten hier mit einem unserer Autos, durch dessen getönte Fenster niemand hineinschauen kann. Unser erstes Ziel ist eine Kaserne der Carabinieri am Stadtrand. Sollte jemand - was ich zwar nicht glaube - aber sollte tatsächlich jemand uns verfolgen, dann sind wir ab Eintreffen Kaserne unmöglich zu beobachten und weiterhin zu verfolgen. Alle paar Minuten kommt ein Wagen der Carabinieri in die Kaserne und ebenso oft verlässt einer das Tor. Jeder dritte oder vierte ist ein Mannschaftswagen, mal ein Van, ein kleinerer Bus oder ein noch größeres Auto. Für einen Außenstehenden ist es unmöglich festzustellen, mit welchem Wagen wir die Kaserne wieder verlassen werden." Er grinste in sich hinein. „Wir nehmen übrigens einen Van, dann haben wir zu acht darin Platz, und es wird wie ein ganz gewöhnlicher Polizei-Einsatz aussehen. Sofort nach uns verlassen zwei weitere Wagen die Kaserne. Deren Aufgabe wird darin bestehen, uns eine Zeitlang in weiterem Abstand hinterherzufahren und sicherheitshalber zu kontrollieren, ob wir verfolgt werden. Falls ja, kehren wir in die Kaserne zurück, dieser Fall wird aber nicht eintreten, denn wie gesagt, es fahren so viele Carabinieri-Autos ein und aus, dass ein Überwachen sowohl für die Mafia als auch für sonstige Beobachter schlichtweg unmöglich ist."

Das leuchtete mir ein. Eigentlich hätte mir ja unwohl sein müssen wegen eines solchen Riesen-Aufwandes, aber offen-sichtlich war hier ja tatsächlich ein Krieg im Gange, also musste mir alles recht sein, was unternommen wurde, um meine Familie da herauszuhalten.

„Aber in einem Polizei-Auto werden wir nicht bleiben ?" fragte ich.

„Natürlich nicht," antwortete Alessandro. „Unser zweites Ziel liegt am Ortsrand von Rom in einem Industriegebiet. In einem Hinterhof teilen wir uns und wechseln die Autos. Von unseren sechs Leutnants ist Luigi der, na, sagen wir mal, der gerissenste. Er wird Sie in einem unauffälligen Aller-weltswagen zum letzten Ziel chauffieren, die restlichen fünf folgen Ihnen als Sicherung. Ich selbst werde mit dem Van zur Carabinieri-Kaserne zurückkehren." Er wartete einen Moment und fügte fragend hinzu : „Alles klar ? Sind Sie einverstanden damit ?"

Dieses war ich. Alternativen hätte ich ja sowieso keine anbieten können. Zwar schwebte mir etwas im Kopf herum, Plan wäre zuviel gesagt, aber wenn sich die Möglichkeit ergeben sollte, ...

„Gut," nickte Alessandro, „dann kommt der letzte Teil. In einer Kleinstadt im Norden wird Luigi Sie wie einen Onkel, der zu Besuch war, am Bahnhof absetzen. Sie lösen eine Fahrkarte und fahren von dort wie jeder andere Bahnbenutzer in Ruhe nach

Hause."

Habe ich schon erwähnt, dass man in diesem Haus kaum ein Gespräch zu Ende führen konnte ? Das Telefon klingelte.

Alessandro hob ab und lauschte. Sein Gesichtsausdruck veränderte sich so schnell, dass ich erschrak. Bestürzt schaute er mich an, als er, ohne ein Wort ins Telefon gesagt zu haben, wieder auflegte.

Dann fing er sich wieder. „Wir werden Ihre Abreise ein klein wenig verschieben müssen. Wir brauchen Sie doch noch einmal sehr dringend." Er schlug wütend mit der rechten Faust in die linke Handfläche. „Es ist etwas passiert, das nicht passieren hätte dürfen." Nun sprang er von seinem Sessel auf und ging im Zimmer auf und ab. Dann blieb er vor mir stehen, zuckte müde mit den Schultern und sagte leise : „Sie wissen ja, es ist Krieg. Krieg mit Opfern auf beiden Seiten. Auch die Mafia hat diesmal schnell reagiert," er zögerte etwas, „nein, eigentlich kann ich mir das gar nicht vorstellen. Das muss längerfristig geplant gewesen sein. Aber der Effekt bleibt gleich. Die alten Calcaterras sind vergiftet worden. Noch wissen unsere Leute nicht, wie das geschehen konnte, aber das spielt ja im Moment keine Rolle."

Er setzte sich wieder in den Sessel. „Jetzt brauchen wir Sie natürlich ganz dringend. Ganz egal, in welch engem Kreis man die Herrschaften beisetzt, da muss der einzige Sohn unbedingt dabei sein."

Alle blöden Sprüche konnte ich mir jetzt sparen. Die verschiedensten Bitten oder Ansuchen hätte ich jederzeit abschlagen können, aber hier blieb nur eines : Dieses eine Mal war ich verpflichtet, die

Rolle meines Cousins zu spielen, denn es ging um seine Eltern, die für mich - zwar fast zeitlebens unbekannt - doch immerhin Onkel und Tante waren. Und gleichzeitig mit diesem Gedanken sehnte ich mich danach, diesem Krieg endlich entkommen zu können.

Die Beerdigung war bereits zwei Tage später. Hatte mal irgendjemand etwas von ,engerem Kreis' gesagt ? Ich machte mir gar nicht erst die Mühe, zu zählen, wie viele Menschen da waren. Außerdem ging das gar nicht, denn ich war stets dicht umstellt von sechs jungen Männern in schwarzen Anzügen, die unter den offenen Anzugjacken größere Geräte bereithielten, die nicht so ganz zu einem Friedhof passten. Obwohl, genau genommen, passten sie sogar ausgezeichnet zu solchem Ort, lieferten sie doch die meiste Kundschaft auf dieser Welt. Aber dieser Gedankengang nur nebenbei, er spielt keine Rolle für das Geschehen meines Berichtes. Außerdem war ich nicht der einzige, der Männer dieser Art dabei hatte, es waren genügend dieser Sorte anwesend, zum Teil in ebenso dunklen Anzügen und zum Teil in Carabinieri-Uniformen. Die Männer, die Silvio Berlusconi zu schützen hatten, trugen sogar Sonnenbrillen, ganz genau so, wie man es aus Agenten-Thrillern in Kino und Fernsehen kennt. Ja, Sie haben richtig gelesen. Silvio Berlusconi hatte es sich nicht nehmen lassen, dem Baron Oberst de Calcaterra seine Anteilnahme zum Verlust der Eltern persönlich zu zeigen. Von allen Trauergästen war er am Schluss der Beerdigung der erste, der den Weihwasserwedel ergriff und danach mir kondolierte. Wenn man ihn persönlich erlebt, muss man wirklich eingestehen, dass er Charisma besitzt. Mag er wer weiß wie beurteilt werden in seiner politischen Arbeit - ich leugne nicht, dass ich ihn niemals wählen würde - , er hat eine Ausstrahlung und weiß sich zum einen in Szene zu setzen und zum andern übermittelt er genau das Gefühl, das beim Gegenüber ankommt.

„Es tut mir im Herzen weh," sagte er leise, während er meine Hand drückte und so traurig schaute, als wären es seine Eltern gewesen, die gerade im Calcaterraschen Familiengrab beigesetzt worden waren, „es tut mir im Herzen weh, zu wissen, dass Unschuldige ihr Leben lassen müssen. Behalten Sie sie so in Erinnerung, wie Sie sie gekannt haben, lieber Baron."

Nach ihm begann eine lange Reihe von Trauergästen, am Grab und an mir vorbeizumarschieren und meine Hand zu drücken.

Das ist dann wohl für den Geheimdienst die lohnendste Veranstaltung, meinte mein Verstand, jeder der vielen Menschen, die dir hier die Hand gedrückt haben, kann jetzt bestätigen, dass der Baron am Leben ist.

Das war zwar nicht gerade sehr taktvoll, stimmte allerdings. Was konnte es für das Weiterleben eines Oberst Calcaterra besseres geben, als dass ihm weit über hundert Menschen persönlich die Hand geschüttelt hatten.

Am nächsten Morgen war es endlich soweit. Meine Abreise konnte erfolgen.

„Wollen Sie sich irgendetwas als Erinnerung mitnehmen ?" fragte mich Alessandro. „Ich glaube, Ihr Cousin hätte sich das gewünscht."

Ohne langes Überlegen hatte ich strikt abgelehnt. Ich hatte ja mittlerweile genug Zeit gehabt, mir meine Gedanken zu machen, was und wie viel ich daheim berichten würde und war zu dem Schluss gekommen, mit meinen Calcaterraschen Verwandten auch diese ganze Geschichte sterben zu lassen. Nur die Geburtsurkunde mit dem Vermerk ‚padre ignoto' wollte ich wieder mit nach Hause bringen, damit ein Schlussstrich gezogen wäre. Auf keinen Fall etwas mitnehmen, was daheim Fragen auslösen würde. Denn mittlerweile war mir klar geworden, was ich angerichtet hatte. Ausgerechnet dadurch, dass ich Alessandro und seinen Leuten geholfen hatte, den Oberst de Calcaterra weiterleben zu lassen, genau dadurch hatte ich ja meine Familie in Gefahr gebracht, siehe Thema ‚die Mafia radiert die Umgegend einer Person aus, wenn sie nicht an sie selbst heran kommt', hätte ich nicht mitgemacht, wäre mein Cousin Roberto offiziell tot, die Mafia hätte ihr Ziel erreicht und meine Familie wäre aus jeglicher Schusslinie. Zu meiner Kinderzeit war der Spruch ‚dumm bleibt dumm, da helfen keine Pillen' modern, und irgendwie stimmt er heute noch.

Es lief ab, wie es Alessandro geplant hatte. In der Carabinieri-Kaserne war tatsächlich ein solches Kommen und Gehen, dass ich mir wirklich nicht vorstellen konnte, jemand hätte auch nur die geringste Chance, uns zu überwachen. Auch der Wechsel im Hinterhof klappte und innerhalb kurzer Zeit sausten wir nur noch zu zweit, Luigi und ich, auf der Auto-Strada Richtung Norden. Wie er es kontrollierte, war mir ein Rätsel, aber er versicherte mir von Zeit zu Zeit, dass die anderen Leutnants hinter uns herfuhren. Ich konnte nichts erkennen, wenn ich mich umdrehte oder in Kurven im Außenspiegel nach hinten sehen konnte.

Zur Mittagszeit schlug mir Luigi vor, nicht bei einem Rasthaus anzuhalten, sondern bei der Ausfahrt einer größeren Stadt abzufahren und an dem in der Nähe gelegenen Auto-Hof in das Restaurant zu gehen. Dort pausierten die LKW-Fahrer, da wäre es billiger und so viel Durcheinander, dass man nicht auffällt. Ich erinnerte mich an eine Busreise, bei der wir es auch so gemacht hatten und stimmte zu.

Nach dem Essen bestellten wir beide noch einen Cappucino, und ich sagte zu Luigi, ich müsse mal kurz verschwinden. Statt ins Klo zu gehen, mischte ich mich auf dem Flur in eine Traube Menschen und achtete darauf, bis zum Parkplatz immer zwischen vier, fünf, sechs Leuten zu marschieren. Auf dem Parkplatz standen so viele LKW, dass der ganze Platz hübsch unübersichtlich war. Und ich hatte auch schon nach kurzem Suchen Glück, ich fand einen deutschen LKW, und als ich dem Fahrer von meinem Pech mit dem Auto, das bei einer Karambolage den Geist aufgegeben habe, erzählte, lud er mich großzügig ein, mitzufahren. Mit dem Fahrer selbst hatte ich nicht soviel Glück, denn vom Auto-Hof bis zum Brenner erzählte er mir alle Witze, die ich bereits kannte. Ich lachte jedes Mal pflichtschuldig, allerdings nicht so laut und so lang, wie er selbst über seine Witze lachte, und fragte ihn dann, ob er mich in Kufstein an der Ausfahrt Süd absetzen könnte, denn von dort würde mich mein Sohn abholen. Klar, sagte er, dort wollte er sowieso tanken.

Am Bahnhof in Kufstein löste ich eine Fahrkarte nach Rosenheim und schickte gleichzeitig meiner Frau mit meinem Handy eine SMS, wann ich ankommen würde, damit sie mich abholen würde. Und wie's die Ironie des Schicksals will, ich erwischte genau den Zug, der von Rom kam. Nachdem ziemlich viele Leute hier ausstiegen, hatte ich ein Abteil für mich alleine.

Nach ungefähr einer Viertelstunde, so kurz vor Oberaudorf, ging die Schiebetür des Abteils auf und zwei junge Männer mit ziemlich fröhlichem Grinsen im Gesicht traten ein. Ich starrte sie ungläubig an. Es waren Luigi und Paolo. Letzterer schob die Tür wieder zu, und Luigi stellte meinen Koffer vor mich hin.

„Einen schönen Gruß sollen wir ausrichten von Alessandro," grinste er. „ Er meint, Ihr Koffer wäre bei Ihnen doch besser aufgehoben als bei uns. Außerdem hätte es ja doch ziemlich merkwürdig ausgesehen, wenn Sie ohne heimkommen."

Im nächsten Moment begann der Zug zu bremsen und lief im Bahnhof von Oberaudorf ein.

Luigi hielt mir die Hand hin und sagte, immer noch grinsend : „Wir sollen Ihnen Alessandros Gruß aus-richten, aber wir sechs wünschen Ihnen natürlich auch von aus alles Gute. Arrevederci !"

Ich hatte gar keine Zeit, groß zu danken oder zu reden. Die beiden stiegen aus. Als der Zug wieder anfuhr, sah ich automatisch zum Fenster hinaus. An der Straße neben dem Bahnhof stand ein dunkelfar-bener Van und davor sechs junge Männer, die zum Zug winkten.

Ich hob meinen Koffer nach oben ins Gepäcknetz und ließ mich auf meinen Sitz plumpsen. Jetzt war

also diese römische Geschichte endgültig vorbei.
Zumindest hoffe ich das heute noch. Ich hoffe inbrünstig (ein blödes Wort), aber ich tue dies, ich hoffe niemals wieder in Berührung zu kommen mit weder der einen Seite noch der anderen.

Und so ganz unwahr ist das, was ich meiner Mutter und meinen Brüdern berichtet habe, ja letzten Endes doch nicht, denn die Launen des Schicksals haben es so zurechtgebastelt : Der ‚junge' Baron ist tatsächlich in einem Krieg gefallen, wenn's auch nicht der Erste Weltkrieg war. Und irgendwann werden tatsächlich Menschen, mit denen wir nicht verwandt sind, und die wir nicht kennen und die uns nicht kennen, das Calcaterrasche Haus und den Calcaterraschen Besitz erben.

Kann es anders sein ? Bei den letzten Worten meines Berichtes meldet sich mal wieder mein Verstand, diesmal ziemlich höhnisch : Eigentlich war die ganze Reise überflüssig.

Alter Besserwisser.

Weitere bücher des autors in diesem verlag :

kinderbücher

„lauter kleine geschichten von lauter kleinen leuten"
isbn 9783837084122
(zum vorlesen und selberlesen, geschichten vom kleinen buchstabendieb, vom kleinen riesen, vom kleinen eisbär und anderen, dazu gedichte, die man selber fertig reimen muss)

„geteilter troll ist doppelte freundschaft"
isbn 9783837021776
(im dörflein au da wohnt ein troll, macht nicht ganz das, was man so soll, doch liest man diese trollig sachen, dann kann man wirklich ganz fest lachen)

romane aus dem mittelalter

„denn mein ist die gerechtigkeit der rache"
isbn 9783837084030
(der junge ritter und grafensohn raimund von bogen, berufsmörder im auftrag des herzogs, kommt einer geheimorganisation nachhaltig in die quere und muss bitter dafür bezahlen. Dies ist die geschichte der farben weiß und blau im wappen bayerns)

„und hüte dich vor den mönchen"
isbn 9783837086157

114

(zwei junge ritter aus dem herzoglichen geheimen dienst, den der legendäre raimund von bogen aufgebaut hat, sind von geheimnissen umgeben. zusammen mit dem sohn des herzogs lassen sie nicht locker, und die vergangenheit öffnet sich)

„der janitschar von salzburg"
isbn 9783837086164
(stephan von tiers und raimund von fulinpach, das erfolgreiche duo aus dem herzoglichen geheimen dienst, werden an die kirche ausgeliehen. sie sollen merkwürdige anschläge auf den fürst-bischof zu salzburg aufklären und stoppen. doch bald geht es auch für die beiden um leben oder tod)

„feme-gericht im inntal"
isbn 9783837034493
(gefesselte leichen mit eingebranntem f auf der stirn im inn. die angst geht um. ein fall für raimund von fulinpach und stephan von tiers, den beiden jungen rittern aus dem herzoglichen geheimen dienst. zusammen mit ihren leuten, einem trupp zigeuner, suchen sie im inntal nach ursache und aufklärung. und raimund hat allen grund, sich in diesen fall hineinzuknien, denn er ist der neue burggraf auf der feste kufstein)

ein kriminalroman der besonderen sorte

„sieben leichen auf der rosenheimer bowlingbahn"
isbn 9783837088229
(sieben leichen an sieben tagen, ist das nicht ein bisschen viel ? kriminaloberkommissar wernfried lanzelot kobbs, von seinen kollegen im landkreis liebevoll ,rosenheim-kobbs' genannt, hat einen schrecklichen verdacht)